दहन

[कहानी-संग्रह]

दहन

मनोज रूपड़ा

लोकभारती प्रकाशन

लोकभारती प्रकाशन
पहली मंजिल, दरबारी बिल्डिंग, महात्मा गांधी मार्ग
प्रयागराज-211 001
वेबसाइट : www.lokbhartiprakashan.com
ईमेल : info@lokbhartiprakashan.com

शाखाएँ : 1-बी, नेताजी सुभाष मार्ग, दरियागंज
नई दिल्ली-110 002
अशोक राजपथ, साइंस कॉलेज के सामने
पटना-800 006
36 ए, शेक्सपियर सरणी, कोलकाता-700 017

पहला संस्करण : 2022

मुद्रक : बी.के. ऑफसेट
नवीन शाहदरा, दिल्ली-110 032

DAHAN
Stories by Manoj Rupada

ISBN : 978-93-92186-24-0

मूल्य: ₹495

दहन

क्रम

ईश्वर का द्वन्द्व

1

उस स्त्री का जीवन दो पहलुओं में बँटा हुआ था। उसने दो प्रेम किए और दो अलग-अलग पिताओं की दो अलग-अलग सन्तानों को जन्म दिया।

वह जब बहुत छोटी थी तब से जॉब और रोजर से प्रेम करती थी। वह बचपन से बिना किसी भेदभाव के अपनी सब चीज़ें दोनों को बराबर की तादाद में बाँटती थी चाहे वह फूल हो, चॉकलेट हो, बर्थ डे, न्यू ईयर या क्रिसमस की शुभकामनाएँ हों, चुंबन हो या उसका यौवन। उसके द्वारा दी जानेवाली चीज़ें उम्र के साथ-साथ बदलती रहीं। लेकिन वे चीज़ें कभी विषम संख्या में नहीं होती थीं।

उसके जीवन की धाराएँ उन दो चिर प्रतिद्वन्द्वियों के जीवन के सूत्रों से परस्पर गुँथी-बुनी हुई थीं, जिससे वह एक साथ एक जैसा प्रेम करती थी।

जब वह रोजर से प्रेम करती थी तब जॉब की बाँहों में होती थी और जॉब को चूमते वक़्त रोजर का चेहरा उसके सामने होता था।

जॉब और रोजर को एक-दूसरे से कोई लगाव नहीं था। वे बचपन से ही एक-दूसरे से लड़ते रहे थे। दोनों के बीच एक ऐसी स्पर्धा थी जो किसी भी पल चिनगारियों में बदल जाती थी। लेकिन जब वह उन दोनों का हाथ अपने हाथों में ले लेती थी तो चिनगारियाँ शान्त हो जाती थीं।

उस स्त्री में कोई दैवीय शक्ति नहीं थी न ही उसके पास कोई जादू था। दरअसल वे दोनों किसी भी हालत में उसे खोना नहीं चाहते थे। उसका साथ पाने की चाहत इतनी प्रबल थी कि हर बार उसका हाथ थामते ही वे अपनी परस्पर शत्रुता भूल जाते थे।

जब वह चर्च में उन दोनों के बीच खड़ी होकर प्रार्थना करती थी तब उसके हृदय में दोनों के लिए एक समान शुभकामनाएँ होती थीं। प्रार्थना पूरी होने के बाद आल्स्टर पर सिर झुकाने की बजाय वह बारी-बारी से दोनों को चूम लेती थी।

और अन्त में वह ईश्वर की तरफ़ देखती थी, यह जानने के लिए कि जॉब और रोजर के लिए अभी-अभी उसने जो प्रार्थना की है, उसका कोई असर ईश्वर पर हुआ है या नहीं? ईश्वर जब तक जॉब और रोजर को उनके उस दिन के मैच में जीत दिलाने का आश्वासन नहीं देता था तब तक वह ईश्वर को टकटकी लगाए देखती रहती थी।

अपने दोनों प्रेमियों का हाथ थामे जब भी वह चर्च में आती थी, ईश्वर का दिल ज़ोरों से धड़कने लगता था। वह अकसर घबरा जाता था। क्योंकि यह एक ऐसा अगाध प्रेम था, जिसे वह ठुकरा नहीं पाता था और इस तरह के प्रेम के लिए उसके पास आदर्शों का कोई आवरण भी नहीं था, जिससे वह उसे दुनिया की नज़रों से छुपा सके।

ईश्वर भयभीत और शर्मसार होकर वहाँ से भाग जाता था। उसे समझ नहीं आता था ऐसी प्रार्थनाओं को वह कैसे पूरा करे? अगर ऐसे सम्बन्धों को वह आशीर्वाद देगा तो क्या इसका यह मतलब न होगा कि इसकी अनुमति देना है?

दुनिया के डर से ईश्वर चर्च से बाहर निकल आता था, लेकिन चर्च में की गई प्रार्थना, प्रार्थना में व्यक्त की गई भावना, बाइबिल में वर्णित रुथ और बोज़ की प्रेम कहानी और उन गीतों-कविताओं की पंक्तियाँ उसके दिमाग़ में गूँजती रहती थीं, जिनका एक-एक शब्द प्रेम और दयालुता से सराबोर था।

वह इन शब्दों से प्रेरित होकर कुछ करना चाहता था, लेकिन ईश्वर आख़िरकार ईश्वर था। उसके दोनों हाथ धर्म और नैतिकता की कीलों से बिंधे

हुए थे। वह प्रत्यक्ष रूप से कुछ भी नहीं कर सकता था, लेकिन ऐसा नहीं था कि वह अपनी इस मजबूरी के बहाने उनकी कोई मदद न करता हो। वह अप्रत्यक्ष रूप से उनके लिए कुछ न कुछ करता रहता था।

चर्च के पीछे जब वह अपने दोनों प्रेमियों को अपना प्रेम बाँट रही होती थी, तब वह किसी अदृश्य दीवार की तरह खड़ा हो जाता था और किसी को भी वहाँ फटकने नहीं देता था।

फुटबाल के मैदान में रोजर को और बॉक्सिंग की रिंग में जॉब को जीत दिलाने के लिए वह ऐसे आसान अवसर उपलब्ध करवा देता था ताकि दोनों को जीत दिलाने के लिए प्रार्थना में व्यक्त की गई अभिलाषा पूरी हो।

फुटबाल की राष्ट्रीय टीम का जब चयन हो रहा था तो ईश्वर चयन समिति में शामिल हो गया और उसने शॉर्ट लिस्ट में रोजर का नाम लिखवा दिया।

नेशनल स्पोर्ट्स एकेडमी की बॉक्सिंग रिंग में जॉब को भेजने में भी ईश्वर का योगदान था।

बाद में इस देश के एक सार्वजनिक उपक्रम ने अपने स्पोर्ट्स कोटे में जब दोनों खिलाड़ियों को जगह दी, तब इस उपक्रम का हेड स्पोर्ट्स ऑफिसर ख़ुद ईश्वर था।

लेकिन रोजर और जॉब को ईश्वर की इस उदारता के बारे में कुछ पता नहीं था। वे मैच में अपनी संचित शक्ति का एक-एक अंश लगा देते थे ताकि उनके लिए की गई प्रार्थना व्यर्थ न जाए और उनकी प्रियतमा को ईश्वर के सामने नीचा न देखना पड़े।

रोजर की हर किक और जॉब के हर एक पंच में जो अन्तर्निहित शक्ति लगती थी, वह प्रेम की शक्ति थी या ईश्वरीय शक्ति, इसे ख़ुद ईश्वर भी नहीं जानता था। ईश्वर यह चाहता भी नहीं था कि कोई उसकी शक्ति को पहचाने या उसके द्वारा किए गए प्रयत्नों के लिए आभार प्रकट करे। वह तो बस किसी की प्रार्थना पूरी करने में लीन था, उतना ही, जितना कोई भक्त ईश्वर की भक्ति में लीन हो जाता है।

प्रेम के वशीभूत होकर ईश्वर ने और भी कई जालसाजियाँ कीं। वह बिना

कुछ सोचे-समझे उस स्त्री की सभी प्रार्थनाओं को पूरा करता रहा और बिलकुल नाजायज़ तरीक़े से उसके प्रेमियों को लाभान्वित करते हुए उसने उन आदर्शों को भी खंडित कर दिया, जिन आदर्शों के लिए उसे ईश्वर माना जाता था।

एक समय बाद उसे महसूस होने लगा कि मानवीय भावनाओं में बहकर उसने ईश्वरीय विधान को ग़लत साबित कर दिया है। उसे जब अपनी ग़लती का एहसास हुआ तो वह उदास हो गया। फिर बढ़ते हुए अपराधबोध ने आख़िर उसे कन्फेशन बॉक्स में खड़े होने के लिए मजबूर कर दिया।

और जब वह कन्फेशन बॉक्स में खड़ा था तब उसके सामने कोई पादरी नहीं था जिसके सामने वह अपने अपराधों को स्वीकार करता। उसके सामने वे सारी विगत सदियाँ मौजूद थीं और बर्बरता के वे सभी कालखंड, जब धर्म और राज्य-सत्ता ने मिलकर ईश्वर का दुरुपयोग किया था और अपने हितों के लिए लाखों लोगों को बर्बरतापूर्वक मौत के घाट उतार दिया था।

धर्म और सत्ता के इस गठजोड़ ने अपनी शक्ति से एक समानान्तर ईश्वर भी खड़ा कर दिया था, जो धर्म के आधार पर नहीं भ्रम के आधार पर खड़ा था। उसके द्वारा लोगों को इतना भ्रमित किया गया कि उस ईश्वर और असली ईश्वर के बीच फ़र्क़ करना मुश्किल हो गया और अब तो यह समझना भी मुश्किल है कि जीसस क्राइस्ट मुक्त व्यापार है या मुक्त व्यापार जीसस क्राइस्ट है।

दुनिया में जहाँ भी वे गए, जीसस क्राइस्ट को साथ लेकर गए और अपनी हर इच्छा को ईश्वर की इच्छा के रूप में प्रचारित किया। अगर ईश्वर की इच्छा है कि ग़रीब देशों के उत्थान के लिए उन्हें ग़ुलाम बनाया जाए, तो ऐसा ही सही। अगर ईश्वर की इच्छा है कि चीन तक उसके उपदेश को पहुँचाने के लिए अफ़ीम के कारोबार को अंग्रेज़ों के हाथों में दे दिया जाए तो यही सही। अगर ईश्वर की इच्छा है कि पिछड़े हुए देश भारत को सही रास्ते पर लाने के लिए ईस्ट इंडिया कम्पनी को भारत भेजा जाए, तो यही सही। अगर ईश्वर की इच्छा है कि पिछड़े हुए देशों के संसाधनों को हथियाने के लिए वहाँ की ज़मीनें मल्टी नेशनल कम्पनी को लीज़ पर दे दी जाएँ, तो यही सही। अगर ईश्वर की इच्छा है कि किसी देश पर बम गिराया जाए, तो यही सही। अगर ईश्वर की

इच्छा है किसी देश पर आर्थिक प्रतिबन्ध लगाया जाए, तो यही सही। अगर ईश्वर की इच्छा है...

असली ईश्वर ने अपनी खुली आँखों से देखा था कि मुक्त व्यापार उतना ही अटल है, जितने ईश्वर के आदेश। अगर ईश्वर इतना सर्वव्यापी नहीं होता तो साम्राज्य ही नहीं होता।

और तब कन्फेशन बॉक्स में खड़े ईश्वर ने सोचा कि अगर वह दूसरा ईश्वर एक बड़े साम्राज्य के हितों के लिए लाखों-करोड़ों लोगों को मरवा सकता है, तो मैं एक प्रेम करनेवाली स्त्री की छोटी-छोटी ख़ुशियों के लिए धर्म के विधान को क्यों नहीं तोड़ सकता?

2

फिर सब कुछ यूँ ही चलता रहा। रोजर और जॉब ने अपने जीवन के हर कठिन टास्क को पूरा किया। वे अपने लक्ष्य के लिए भी लड़ते रहे और एक-दूसरे से भी।

बचपन से लेकर अब तक उन दोनों के बीच अपनी प्रेमिका को लेकर जो द्वन्द्व चल रहा था, वह द्वन्द्व अब एक युद्ध में बदल चुका था। उन्हें पूरा यक़ीन हो गया था कि जब तक उन दोनों में से किसी एक का अन्त नहीं हो जाता, तब तक उस स्त्री के एकनिष्ठ प्रेम को पाना मुश्किल है।

इस द्वन्द्व को ख़त्म करने का एक भी उपाय ईश्वर के पास नहीं था, लेकिन वह किसी भी हालत में इस द्वन्द्व को ख़त्म करना चाहता था। उसके लिए अब यही सबसे बड़ा टास्क था।

उस स्त्री ने रोजर और जॉब को उसके जीते जी ऐसे कई विकल्प दिए थे, जो उनके द्वारा चुने गए एकमात्र विकल्प से कहीं ज़्यादा सार्थक थे पर कोई भी विकल्प ऐसा नहीं था, जो दोनों को समान रूप से स्वीकार होता।

रोजर एक स्वाभाविक स्ट्राइकर था। उसे पोज़ीशन लेने की ज़बर्दस्त समझ थी और उसकी किक हमेशा निशाने पर होती थी।

जॉब भी एक स्वाभाविक फाइटर था और वह भी उन कमज़ोर क्षणों को पहचानने में माहिर था, जब घूँसा सीधे मर्म पर लगता था।

और एक दिन वही हुआ, जिसका डर था। रोज़र की आख़िरी किक और जॉब के आख़िरी पंच ने आख़िरकार इस द्वन्द्व को समाप्त कर दिया।

ईश्वर के लिए वह क्षण एक तरह का काउंटर क्लोज़र था। इस प्रेम में वह जिस जीवन-मूल्य को स्थापित करना चाहता था, उसमें असफल हो गया था।

3

अब वह अधेड़ हो चुकी स्त्री दो क़ब्रों के बीच खड़ी है। अपने दाएँ और बाएँ हाथ में दोनों बेटों का हाथ थामे।

क़ब्रों में सोए उसके प्रेमी अपनी विद्वेष भरी भावनाओं के साथ जीवन भर एक-दूसरे से लड़ते रहे और दोनों ने एक साथ क़ब्र में जाने का विकल्प चुना था।

और तब उसने अपने बचे हुए जीवन और अपने बेटों को कुछ इस तरह आपस में मिला दिया था कि सिवाय प्रेम के कोई विकल्प नहीं बचा था।

हर साल एक निश्चित दिन वह अपने दोनों बेटों का हाथ थामे चर्च आती है। आज वही दिन है। वह आई है और ईश्वर उसे देख रहा है। वह दोनों बेटों के बीच खड़ी होकर प्रार्थना करती है फिर आल्स्टर पर सिर झुकाने की बजाय अपने दोनों बेटों को चूमती है। लेकिन अब ईश्वर को कोई भय नहीं होता बल्कि जब वह लौटती है, तो उसकी आँखों से आनन्द-मिश्रित वेदना के आँसू बहने लगते हैं। यह अनुभव ईश्वर के लिए तर्कातीत है और शब्दों से परे तो है ही।

जब वह चर्च से निकलकर क़ब्रिस्तान की तरफ़ जाती है तो ईश्वर भी उसके पीछे-पीछे जाता है। वह झाड़ियों के पीछे छुपकर उसे देखता है और जब रोजर का बेटा जॉब की क़ब्र पर और जॉब का बेटा रोजर की क़ब्र पर फूल रखता है, तो ईश्वर अपने आँसू पोंछते हुए मुस्कराने लगता है।

आख़िरी सीन

वर्ली सी फेस की एक बहुमंज़िली इमारत की अठारहवीं मंज़िल के एक फ़्लैट की समुद्र की ओर खुलनेवाली बालकनी में व्हील चेयर पर बैठे एक वयोवृद्ध फ़िल्मकार रोज़ की तरह आज सुबह भी समुद्र को देख रहे हैं।

उनकी निगाहें पहले उगते हुए सूर्य की सुनहरी किरणों को देखती हैं, फिर किनारे की तरफ़ बढ़ती लहरों को, जो दूर से बहुत छोटी और अलसाई हुई-सी दिखाई देती हैं, लेकिन जैसे-जैसे पास आती हैं; उनका आकार बढ़ता जाता है और रफ़्तार भी।

लहरों का बहुत दूर-दूर से आना, किनारे से टकराकर बिखरना, फिर अपनी खोई हुई ताक़त को समेटकर वापस लौटना और आती हुई लहरों से लिपटकर बेवजूद हो जाना... आती-जाती लहरों का ये क्षणभंगुर खेल अज़ल से चलता आ रहा है और क़यामत तक चलता रहेगा। वे उस खेल को नहीं, उसमें समाई चिरन्तनता को देखते हैं। वे सिर्फ़ बादलों से घिरे विस्तृत आकाश, उगते हुए सूर्य, उड़ते हुए परिन्दों या तैरती हुई नावों को नहीं देखते बल्कि उन सब के एक साथ एक ही परिदृश्य में होने से निर्मित पूर्णता को देखते हैं।

...पूर्णता, जिसे वे सौन्दर्य की रचना में योगदान करनेवाली सबसे पहली और सबसे अनिवार्य चीज़ मानते हैं।

लेकिन इस नैसर्गिक 'पूर्णता' को देखकर उन्हें कोई आन्तरिक शान्ति

नहीं मिलती, क्योंकि उनका ख़ुद का जीवन अपूर्णताओं और विखंडित चीज़ों का कोलाज बनकर रह गया था। उनके ज़ेहन में बहुत-सी ऐसी बातें बची रह गई थीं, जो हर फ़िल्मकार के पास बची रह जाती हैं–कुछ विचार, कुछ अधूरी फ़िल्में, कुछ अनुभव, कुछ अनुभूतियाँ, कुछ उलझनें जो पूर्णता के लिए तरसती रहीं और फ़िल्मकार बूढ़ा हो गया। जो बातें कहीं पहुँच नहीं पाईं, वे भारहीन होकर ऊपर उठ गईं। वास्तविक रूप में फलीभूत नहीं हो पाईं, तो बिम्बों में बदल गईं।

अब उनके हाथ इस लायक नहीं हैं, कि कैमरे को 'मूव' कर सकें। पैर इस लायक नहीं हैं कि किसी सेट या किसी लोकेशन तक जा सकें और दृष्टि भी इस लायक नहीं है कि दृश्य को देख सके। लेकिन अन्दर उमड़ती-घुमड़ती बातों को फ़िल्मांकित करने की अभिलाषा अभी तक क़ायम है। वे फ़िल्म बनाना चाहते हैं, अपने उसी स्वनिर्मित अदृश्य कैमरे से, जिससे हर फ़िल्मकार अपने अन्तिम दिनों में फ़िल्म बनाता है। ये कैमरा अचेतन में लगातार शॉट लेता रहता है और उन हिस्सों को वह फिर से कड़ियों में पिरोता है, जो या तो किसी न किसी वजह से शूट नहीं हो पाए थे या वर्जित होने के कारण सेंसर द्वारा काट दिए गए थे।

अब वे उन्हें फिर से संयोजित कर रहे हैं। अपने अन्दरूनी खंडहरों में भटकते हुए। धूल से लिपटी रंग खो चुकी उपेक्षित और नाकारा चीज़ों को छूना, उसकी धूल झाड़ना और उसे खंगालना अगर सृजन प्रक्रिया का हिस्सा है तो वे सृजन कर रहे हैं, मगर एक ऐसा सृजन जिसका न कोई मूल्य होता है न मूल्यांकन। क्योंकि ऐसी फ़िल्में कभी किसी वास्तविक प्रोजेक्टर पर नहीं चढ़ाई जातीं।

एक फ़िल्मकार के जीवनकाल में जहाँ कुछ ऐसी फ़िल्में होती है, जिन्हें कई बार प्रदर्शन का सौभाग्य मिलता है, वहीं कुछ ऐसी बदनसीब फ़िल्में भी होती हैं, जो एक बार भी पर्दे तक नहीं पहुँच पातीं। ये डब्बाबन्द फ़िल्में लैब में केवल तब तक जीवित रहती हैं, जब तक उसे लैब में रखने का किराया देने में फ़िल्म निर्माता समर्थ होता है, और उसके बाद उन्हें मरने के लिए छोड़ दिया जाता है।

उनकी अकाल मौत के कई कारण हो सकते हैं। सिर्फ़ वित्तीय प्रबन्धन

और व्यावसायिक लाभ-हानि की बात नहीं है, कभी-कभी कुछ निहायत निजी और भावनात्मक उलझनों के कारण भी फ़िल्म आगे नहीं बढ़ पाती और कभी बेहद संगीन सामाजिक अन्याय, राजनैतिक दुराचार या सत्ता के निरंकुश अत्याचार के मामले, जो सेंसर के हाथों काट दिए जाते हैं।

सेंसर द्वारा काटी गई उन फ़िल्मी कतरनों का कोई इतिहास नहीं होता, उन्हें इस लायक़ भी नहीं समझा जाता कि लैब में सुरक्षित रखा जाए। स्टूडियो के कबाड़ख़ाने में आपस में उलझी इन लावारिस रीलों का किसी के लिए कोई महत्त्व नहीं रह जाता, सिवाय उस फ़िल्मकार के, जिसने उन्हें जन्म दिया था।

वे बालक़नी में व्हील चेयर पर बैठकर इन्हीं ख़यालों में खोए रहते हैं कि कैसे किस मामले को फिर से उठाया जाए और कैसे उसकी अव्यक्त संवेदना को किसी नए कोण से प्रस्तुत किया जाए कि जो चीज़ें आपस में उलझकर पीछे छूट गई थीं या जिन्हें काट-छाँटकर अलग कर दिया गया था, उनका नए सिरे से निर्वाह हो।

लेकिन अब मतिभ्रम से ग्रसित उनके मास्तिष्क में सारी संरचनाएँ गड़बड़ा गई थीं और वह अब किसी सीमित कार्य-कारण से बँधी नहीं थीं। उनमें कई तरह के बिखराव भी थे, और वे आपस में गुँथी हुई भी थीं। उनके सोचने और कल्पना में दृश्य रचने का सिलसिला सिलसिलेवार नहीं रह गया था। सिर्फ़ इतना ही नहीं, जिन अलग-अलग फ़िल्मों के लिए उन्होंने अलग-अलग सीक्वेंस रची थी, वे भी अपने रचयिता से मुक्त होकर एक खुले स्पेस में विचर रही थीं और इस विचरण में कहीं कोई बाधा नहीं थी। कोई टकराव नहीं था और किसी तरह की कोई सेंसरशिप नहीं थी इसलिए वे उन्मुक्त थीं और आपस में घुली-मिली भी थीं, वे अभिन्न थीं और अद्वितीय भी; वे अनेकार्थी भी थीं और अर्थहीन भी।

फ़िलहाल वे जिस दिमाग़ी हालत से गुज़र रहे हैं, उसमें उनसे कुछ ज़्यादा उम्मीद नहीं की जा सकती। लेकिन जब वे सक्रिय थे और पूरे होशोहवास में थे तब भी हर पहलू पर बहुत बारीक़ी से ग़ौर करनेवाले और बहुत नियोजित ढंग से आगे बढ़नेवाले फ़िल्मकार नहीं थे। वे एक फक्कड़ क़िस्म के अवांगार्द

फ़िल्मकार और ख़ुद के प्रति लापरवाह इनसान थे, जो सेट पर जाने के बाद अपने मूड और मिज़ाज के अनुसार स्वतःस्फूर्त ढंग से फ़िल्म बनाते थे और यही ढंग उनके जीने का था।

जिस स्टूडियो में उन्होंने अपनी कई यादगार फ़िल्में बनाई थीं, उस स्टूडियो के गेट पर पिछले पन्द्रह सालों से ताला लगा है। उस तालाबन्दी के कारणों की सूची में कर्ज़दाताओं द्वारा अदालत में दायर किए गए मुकदमों के अलावा ख़ुद की अनाप-शनाप ज़िन्दगी से उत्पन्न त्रासद स्थितियों और उनके बीवी-बच्चों द्वारा उनकी ज़मीन-जायदाद हड़पने की कोशिश में की गई शातिरना साज़िशों के मामले भी शामिल थे।

पिछले पन्द्रह सालों से वे लगातार अपने उस स्टूडियो को बचाने, अपनी डिब्बाबन्द फ़िल्मों को बचाने और हर तरह के घमासान के बीच अपने निजी स्वर को बचाने की लड़ाई लड़ते आ रहे थे और एक-एक कर वे सभी लड़ाइयाँ हार गए, यहाँ तक कि उनके शरीर का आधा हिस्सा भी उस लड़ाई में कुर्बान हो गया लेकिन वस्तुगत संसार के साथ इस लड़ाई में उनके 'आत्म' के कुछ लड़खड़ाते हिस्से अभी तक बचे हुए थे, जो अब हारी हुई लड़ाइयों की बुझी हुई राख़ के ढेर को फ़रोरने में लगे रहते थे।

पेरेलेसिस के अटैक के बाद वे जिस फ़्लैट में रहते थे, वह फ़्लैट भी उनका नहीं है। ये उनके कैमरामैन डिकोस्टा का फ़्लैट है, जिसने किसी भावना में बहकर जायदाद से बेदखल किए गए इस परित्यक्त बूढ़े को शरण नहीं दी थी बल्कि इसलिए उन्हें अपने घर ले आया था क्योंकि उनके साथ रहने, उन्हें चिढ़ाने-छेड़ने और उनके साथ मुँहज़ोरी करने में उसे बहुत मज़ा आता था। वे दोनों एक-दूसरे से लड़ते रहने की लत के शिकार थे। डिकोस्टा ने शूटिंग के दौरान कई बार उनकी बात न मानने के कारण अपने उस 'खड़ूस' डाइरेक्टर के हाथ की चपत अपने गंजे सिर पर खाई थी और हर बार "कब सुधरेगा बे टक़ले" के जवाब में कभी नहीं सुधरने की कसम खाई थी।

बहरहाल, ये तब की बातें हैं, जब वे उस जीती-जागती दुनिया में मौजूद थे। फ़िलहाल वे जिस दुनिया में हैं, वहाँ कोई स्टूडियो नहीं है। वहाँ कोई घटित

होता हुआ समय नहीं है। वे बीते हुए समय की परछाइयों में जी रहे थे, अपनी उन फ़िल्मों की यादों के सहारे जो अधूरी रह गईं, अपनी उस आवारा ज़िन्दगी की यादों के सहारे जो एक बेदाग़ सम्पूर्णता चाहती थी।

अब वे रोज़ बालकनी में बैठकर समुद्र को देखते रहते हैं और कुछ ही देर बाद समुद्र उनकी निगाहों के सामने से हट जाता है और एक सफ़ेद पर्दा सामने आ जाता है, जिसमें दृश्य उतरते रहते हैं, कुछ ऐसे दृश्य जो फ़िल्माए गए थे और कुछ ऐसे दृश्य जो वे फ़िल्माना चाहते थे।

आज उन्हें उस पर्दे में अपनी उस फ़िल्म के दृश्य दिखाई दे रहे हैं, जिसे सेंसर ने मंज़ूरी नहीं दी थी।

सबसे पहले पर्दे पर पूरा अन्तरिक्ष दिखाई देता है, उस अन्तरिक्ष में पृथ्वी धीरे-धीरे घूमती दिखाई देती है फिर टाइटल म्यूज़िक के साथ फ़िल्म का क्रेडिट टाइटल शुरू होता है और फ़िल्म निर्माण से जुड़े सभी सहभागियों को क्रेडिट देता हुआ कैमरा ज़ूम करता है तो पृथ्वी और नज़दीक आती है। पहले पृथ्वी का जल-थल दिखाई देता है फिर अलग-अलग हिस्सों में फैले द्वीप और छोटे-बड़े देश नज़र आते हैं। फिर एशिया महाद्वीप पर कैमरा और ज़ूम होता है और दो देशों की सीमारेखा को केन्द्र में रखकर दृश्य और नीचे उतरता है। बर्फ़ीली पहाड़ियों, नदियों और हरी-भरी वादियों को पीछे छोड़ता हुआ कैमरा वहाँ रुकता है, जहाँ नीचे दूर-दूर तक फैला हुआ एक क़ब्रिस्तान है और उस क़ब्रिस्तान में इधर-उधर बसे छोटे-छोटे गाँव।

यहाँ फ़िल्म का शीर्षक बड़े अक्षरों में स्क्रीन पर आता है

'क़ब्रिस्तान'

टाइटल के बाद पहला दृश्य एक सीमावर्ती गाँव के पास से गुज़रती बीएसएफ की सड़क पर खुलता है और रात के अँधेरे में सड़क पार करते और गाँव की तरफ़ बढ़ते कुछ स्याहपोश दिखाई देते हैं। चेहरे पर नक़ाब डाले और हाथों में गन लिए वे गाँव की एक गली में घुसते हैं और घर के दरवाज़ों को खटखटाते हैं। दरवाज़ा खुलते ही नक़ाबपोश अन्दर घुसते हैं और घरों में मौजूद लड़कों को बाहर खींच लाते हैं।

कुछ ही देर में आठ लड़के उस गली में जमा हो गए। उनके हाथ पीछे से बाँध दिए गए और गन की नली उनकी पसलियों में चुभोते हुए उन्हें आगे बढ़ने का आदेश दिया जाता है। लड़के चुपचाप सर झुकाए चलने लगे। गली से बाहर निकलने से पहले वे सब मुड़े और अपने-अपने घरों को देखने लगे, घर के दरवाज़ों और खिड़कियों पर कैमरा धीमी गति से गुज़रता है। दरवाज़ों की ओट से और अधखुली खिड़कियों से उनके माँ-बाप और छोटे भाई-बहन उन्हें देख रहे थे। किसी ने किसी से कुछ नहीं कहा। किसी के चेहरे पर कोई ऐसा भाव नहीं था, जिसे देखकर यह लगे कि वे इस जुल्म के ख़िलाफ़ हैं। वे दुखी थे, डरे हुए थे और साथ ही साथ बेहद नाराज़ भी थे, लेकिन उन नक़ाबपोशों के सामने उन्होंने अपने चेहरे पर एक शिकन तक नहीं आने दी।

कुछ देर तक लड़के और उनके परिवारवाले एक-दूसरे को देखते रहे फिर लड़कों के समूह के पीछे खड़े एक नक़ाबपोश ने अपनी गन से उस समूह को आगे ठेल दिया, ठीक वैसे ही जैसे गड़रिए अपनी भेड़ों को ठेल देते हैं, और बस फिर कुछ करना नहीं पड़ता, भेड़ें चुपचाप चलती रहती हैं।

लड़कों का झुंड गली से बाहर निकालकर सड़क पर आता है और सड़क पार करने के बाद वे सब पहाड़ चढ़ने लगे। लम्बे और घने दरख़्तों के बीच कोहरे से घिरी काले लबादों की यह शृंखला पहाड़ की ऊँचाइयों में धीरे-धीरे गुम हो गई। कट।

अगले दृश्य में कँटीले तारों की सरहद दिखाई देती है। मज़बूत पिलरों पर बाँधी गई यह एक दोहरी तारबन्दी थी लेकिन उसके कुछ हिस्से आधी ऊँचाई तक बर्फ़ से ढके थे। वे सब तारबन्दी से सटे बर्फ़ के एक ढेर पर चढ़ने लगे और सरहद को फलाँगकर उस पार चले गए। कट।

लाँग शॉट में बर्फ़ीला विस्तार दिखाई देता है। वहाँ न कोई ढलान थी न चढ़ाई

और न ही पेड़-पौधे। चारों तरफ़ सिर्फ़ बर्फ़ ही बर्फ़। तेज़ हवा में बर्फीली लहरें इधर-उधर लहरा रही थीं, और फड़फड़ाते लबादों के साथ खड़ा वह समूह अपने सामने फैले विस्तार को देख रहा है।

पारगमन के इस पहले पड़ाव में लड़कों के पीछे बँधे हाथ खोल दिए गए। फिर सबको दस्ताने और पालीमर के बूट और एयरप्रूफ़ जैकेट बाँट दिए गए और वे सब आगे बढ़े, बर्फ़ पर अपने जूतों के निशान छोड़ते हुए।

'क़ब्रिस्तान' फ़िल्म की यह आभासी स्क्रीनिग यहाँ तक आकर रुक गई। उनका कैमरामैन डिकोस्टा बालकनी में आया और उन्हें उनके ख़यालों की दुनिया से हक़ीक़त की दुनिया में ले आया। अब उनके सामने डाइनिंग टेबल था उस टेबल पर उनका ब्रेकफ़ास्ट, दवाइयाँ और पानी का गिलास रखा था। डिकोस्टा ने एक के बाद एक तीन अलग-अलग गोलियाँ निकालकर उनके हाथ में दीं और टोस्टर से ताज़ा टोस्ट निकालकर मक्खन लगाते हुए उन्हें छेड़ने लगा, "मेरा बूढ़ा डायरेक्टर आज कुछ ज़्यादा ही खोया-खोया-सा नज़र आ रहा है। किसकी याद आ रही है? जितनी पालकर रखी थीं, वो तो फुर्र हो गईं। क्या तुम बालकनी में बैठकर उड़ती चिड़ियाओं के पर गिनते रहते हो?"

बूढ़े डायरेक्टर ने घूरकर उसे देखा और उसका लकवाग्रस्त टेढ़ा मुँह काँपने लगा, "एक कैमरामैन कभी यह जान नहीं सकता कि डायरेक्टर क्या सोच रहा है।"

डिकोस्टा ने मुस्कराते हुए मक्खन लगा टोस्ट उनके सामने रख दिया, "पहले टोस्ट खा लीजिए फिर जो सोचना है सोचते रहिए।"

उसने दूसरा टोस्ट टोस्टर से बाहर निकाला फिर उस पर मक्खन लगाते हुए एक और चुटकी ली, "सोचने से कोई किसी को रोक नहीं सकता... लेकिन हाँ इस बात का ध्यान ज़रूर रखिए कि सिर्फ़ सोचने से कुछ नहीं होता... आख़िरकार उसे शूट भी करना पड़ता है...।" उसने अपने दोनों हाथों

की उँगलियों को मोड़कर अपनी दाईं आँख के पास लगाकर एक प्रतीकात्मक कैमरा बनाया और बाईं आँख बन्द कर उँगलियों के घेरे के बीच से डायरेक्टर के चेहरे को देखने लगा। बूढ़े डायरेक्टर का चेहरा तमतमा गया, "अब तू मुझे समझाएगा कि क्या करना पड़ता है और क्या नहीं?"

डिकोस्टा ने नक़ली गम्भीरता अपने चेहरे पर ओढ़ ली और दोनों हाथ छाती पर बाँधकर एक प्रबुद्ध और समझदार आदमी की तरह इधर-उधर चहलकदमी करने लगा जैसे कोई प्रोफ़ेसर अपने स्टूडेंट की क्लास ले रहा हो, "किसी भी बात को सही एंगल से देखना ज़रूरी होता है," उसने चेहरे पर एक दूरदर्शी महात्मा जैसी भाव-भंगिमा उभर आई।

"अच्छा! तो इसका मतलब ये हुआ कि फ़ोटोग्राफ़ी डायरेक्शन से ज़्यादा अहम होती है... है ना?"

अब डायरेक्टर का चेहरा एक हमलावर जानवर की शक्ल अख़्तियार कर चुका था।

"नहीं। ऐसी बात नहीं है..." डिकोस्टा ने बहुत शालीनतापूर्वक अपनी दिखावटी प्रबुद्धता को क़ायम रखते हुए कहा, "बात सिर्फ़ इतनी-सी है कि एक डायरेक्टर को हमेशा यह मालूम होना चाहिए कि वह कहना क्या चाहता है। शॉट शुरू होने से पहले उसे अपना एंगल सेट कर लेना चाहिए... अगर वह ऐसा नहीं करता है तो फ़िल्म तो फ़्लॉप होती ही है, ज़िन्दगी भी फ़्लॉप हो जाती है,"

"रुक साले, अभी तेरा एंगल सेट करता हूँ" बूढ़े डायरेक्टर ने एक प्लेट उठाई और सीधे डिकोस्टा के सिर की तरफ़ दे मारी। लेकिन डिकोस्टा ने नीचे झुककर इस हमले को नाकाम कर दिया और इससे पहले कि वे कोई और वार करते, वह लपककर बाथरूम में घुस गया। उसके चेहरे पर वही चिरपरिचित शरारती मुस्कराहट थी और बूढ़े डायरेक्टर की त्योरियाँ चढ़ी हुई थी।

शरारती मुस्कराहटों और तमतमाई हुई त्योरियों का यह खेल बरसों से जारी था। इस बीच ज़िन्दगी अपने कई खेल खेल चुकी थी और हर तरह के बिगाड़ और खिलवाड़ के बावजूद उन दोनों के बीच चलनेवाले इस खेल को

अभी तक कोई भी चीज़ बिगाड़ नहीं पाई थी।

बाथरूम से निकलने के बाद डिकोस्टा ने टूटी हुई प्लेट के टुकड़े समेटकर डस्टबिन में डाल दिए और कुछ ऐसी सहजता से काम पर जाने की तैयारी करने लगा, जैसे कुछ हुआ ही न हो और डायरेक्टर महोदय भी दाएँ हाथ से कुर्सी का पहिया लुढ़काते हुए ऐसे बालकनी में चले गए जैसे उन्होंने कुछ किया ही न हो।

अब धूप निकल आई थी। लहरों की आवाजाही मध्य लय में चल रही थी। समुद्र की सतह चाँदी की तरह चमचमा रही थी। बाईं ओर के किनारे से लगी मछुआरों की बस्ती से एक के बाद एक निकलती फिशिंग बोट पूर्व दिशा में बढ़ती जा रही थी। कुछ देर बोट के साइलेंसरों से निकलती भड़भड़ाहट का समूह स्वर सुनाई देता रहा, फिर आवाज़ धीमी हो गई और फिशिंग बोटों का वह काफ़िला धीरे-धीरे नज़रों से ओझल हो गया।

कुछ देर वे क्षितिज को देखते रहे, फिर क्षितिज भी उनकी नज़रों के सामने से ओझल हो गया और एक बार फिर दृष्टिपटल पर उनकी फ़िल्म के दृश्य उभर आए।

दूसरा दृश्य भी उसी गाँव के बीच से गुज़रती बीएसएफ की सड़क से शुरू हुआ। दूर से आती फ़ौजी ट्रक का लाँग शॉट। फिर गाँव के रोज़मर्रा के काम में लगे लोगों पर कैमरा पैन होता है। ट्रक जब नज़दीक आता है तो लोग एक-दूसरे की तरफ़ देखते हैं और जब ट्रक आगे निकल जाता है तो सब राहत की साँस लेकर अपने-अपने काम में लग जाते हैं। लेकिन कुछ ही देर बाद जब ट्रक बाईं ओर रुक गया और फ़ौजी नीचे उतरने लगे तो गाँववालों के हाथ जहाँ थे वहीं रुक गए और इससे पहले कि वे कुछ समझ पाते, फ़ौज के जवान चारों ओर घेरा डाल चुके थे।

चार-चार जवानों की चार टुकड़ियाँ गाँव की अलग-अलग गलियों में आगे बढ़ीं। पथरीली गलियों में उनकी क़दमताल की बुलन्द आवाज़ ने आटाचक्की

की घर्र-घर्र, लोहार की ठक-ठक, छकड़ों के पहियों की खड़खड़ाहट, मदरसे में रटाए जा रहे कलामों के समूह स्वर और परिन्दों के कलरव और पहाड़ी नदी की कलकल को भी शान्त कर दिया।

कुछ देर बाद पहली टुकड़ी गली से बाहर आई, अपने साथ चार नौजवानों को लेकर। फिर अन्य गलियों से भी दो-दो नौजवानों को पकड़कर लाया गया। उन सब को ट्रक के पीछे लाइन से खड़ा कर दिया गया। वे चरवाहे थे, उन सब का हुलिया, क़द-काठी और पहनावा भी एक जैसा था। यहाँ तक कि सड़क पर पड़नेवाली उनकी परछाईं भी एक जैसी थी।

ट्रक के पास खड़े नौजवानों से थोड़ी दूर उनके परिवारवाले खड़े थे, फ़िक्रमन्द, बेसब्र, लेकिन ख़ामोश। एक लम्बे, नुकीली नाक, घनी मूँछ और रौबदार चेहरेवाले अफ़सर ने उस हुजूम को अपने बाएँ हाथ की उँगली दिखाकर एक तरफ़ आने का इशारा किया। जब वे सब एक जगह जमा हो गए तो अफ़सर मुस्तैदी से उनके सामने खड़ा हो गया, "इन नौजवानों को तफ़तीश के लिए ले जाया जा रहा है।"

"क्यों?" एक बूढ़े ने आगे बढ़कर पूछा।

"यह जानने के लिए कि इनमें से कौन इस गाँव का है और कौन सीमा पार से आया है।"

"लेकिन इन्हें ले जाने की ज़रूरत क्या? हमारे पास इनके पहचान-पत्र हैं।"

अफ़सर ने उस बूढ़े को व्यंग्यभरी मुस्कराहट के साथ देखा और अपनी जेब से काग़ज़ों का एक बंडल बाहर निकाला, "ये देखिए... ये भी वैसे ही पहचान-पत्र हैं, जो हमने उन लड़कों से बरामद किए हैं, जो सीमा पार से आए थे।"

बूढ़े के चेहरे से ऐसा लगता है कि वह अफ़सर की इस बात के जवाब में कुछ कहना चाहता है, मगर भीड़ में खड़े एक आदमी की तीखी निगाहों को देखकर वह झिझक गया। उसने विवशता से सिर हिलाया और चेहरा झुका लिया।

अफ़सर ने बूढ़े के कन्धे पर हाथ रखते हुए कहा, "बेफ़िक्र रहिए, हमारे

पास भी रिकॉर्ड हैं। हम जाँच करेंगे। आप भी अपने सब पहचान-पत्र लेकर कल कैम्प में आइए। जाँच में अगर कोई गड़बड़ी नहीं पाई गई, तो हम तुरन्त उन्हें छोड़ देंगे।"

अपनी बात कहने के बाद अफ़सर तुरन्त मुड़ा और ट्रक के पास जाकर खड़ा हो गया, जहाँ लड़के लाइन से खड़े थे। उसने बाएँ हाथ की हथेली पर तीन बार ताली बजाई और लड़कों को फुर्ती से ट्रक पर सवार होने का आदेश दिया। लड़कों की लाइन में जब कोई हरकत नहीं हुई तो एक जवान तुरन्त आगे बढ़ा और लड़कों की पसलियों में गन चुभोकर उन्हें हाँकने लगा। लड़के दबी-दबी-सी आवाज़ में कराहते हुए ट्रक में सवार हो गए।

ट्रक का इंजन स्टार्ट हुआ और ट्रक आगे बढ़ गया। गाँववाले आँखों पर हाथ का साया कर के उस ट्रक को जाते हुए दूर तक देखते रहे, जिसमें उनकी औलादों को लादकर ले जाया जा रहा था।

उन लड़कों को कैम्प में पहुँचने के बाद ट्रक से नीचे उतारा गया और उन्हें एक डारमेट्री में भेज दिया गया।

कट।

अगले दृश्य में बर्फ़ से ढकी एक पहाड़ी पर फिर से वे लड़के दिखाई देते हैं जिन्हें रात को नक़ाबपोश उठा ले गए थे। वे अब चलते-चलते बुरी तरह थक गए थे। उनके मुँह से भाप निकल रही थी। किसी के नाक से ख़ून टपक रहा था; किसी की टाँग अकड़ गई थी। वे स्टिक के सहारे एक टाँग से घिसटते हुए आगे बढ़ रहे थे। कोई अगर लड़खड़ाकर गिर जाता तो बन्दूक की नोक पर उसे उठाया जाता। एक लड़का जब बार-बार नोंक चुभाने के बावजूद नहीं उठा तो उसे गोली मार दी गई और बाक़ी सब अपनी बची-खुची ताक़त के साथ चढ़ाई चढ़ने लगे।

फिर वे दूसरी तरफ़ से पहाड़ से नीचे उतरते दिखाई दिए—हाँफते-लड़खड़ाते, लुढ़कते-पुढ़कते। ढलान जहाँ ख़त्म हो रही थी वहाँ सड़क किनारे

एक ट्रक उनके इन्तज़ार में खड़ा दिखाई देता है। ट्रक के पिछले हिस्से में एक ढलवाँ तख़्ता लगा हुआ था और वे सब एक-एक कर उस तख़्ते के सहारे ट्रक में सवार होने लगे। कट।

सीमा के उस पार के एक ट्रेनिंग कैम्प का हाई एंगल शॉट। कँटीले तारों की चहारदीवारी से घिरे उस कैम्प में एक तरफ़ लम्बी-लम्बी चार डारमेट्री थीं, दूसरी तरफ़ ट्रेनिंग ग्राउंड, जहाँ युद्ध अभ्यास जारी है।

कैम्प में जब ट्रक आकर रुकता है तो उन लड़कों को उतारा जाता है। सबसे पहले उनके सिर पर काला कपड़ा बाँधा जाता है। कन्धे पर एक चौखानेदार स्कॉर्फ रखा जाता है फिर उनके हाथों में गन थमाकर उनके फ़ोटो लिए जाते हैं और गन वापस लेकर उन्हें डारमेट्री में भेज दिया जाता है। कट।

सीमा के इस पार के कैम्प का दृश्य

गाँव से आए परिजनों और अधिकारियों के बीच एक बैठक चल रही है। लम्बे चेहरेवाला वही अफ़सर उस बैठक का सिरमौर है। गाँववालों ने जो पहचान-पत्र पेश किए, उन्हें सरसरी तौर पर पढ़ने के बाद उसने उन पर पेपरवेट रख दिया, "ठीक है। आपने जो सबूत पेश किए हैं, उससे ये साबित हो गया कि लड़के इसी गाँव के हैं। अब हम और कोई सवाल नहीं पूछेंगे। सिर्फ़ एक बात का जवाब दीजिए।"

गाँववालों की प्रश्न भरी नज़रें उस अधिकारी के चेहरे पर जम गईं।

"आपके गाँव में पहले सोलह लड़के थे, अब सिर्फ़ आठ बचे हैं। बाक़ी सब कहाँ हैं?"

अफ़सर के इस सवाल पर सन्नाटा छा गया। गाँव से आए लोग पहले एक-दूसरे का चेहरा देखते रहे, फिर सबने सिर झुका दिया।

"मैं जानता हूँ कि आप मेरे सवाल का जवाब क्यों नहीं दे पा रहे हैं। आप में से हर आदमी को यह डर है कि आपके बीच कहीं कोई मुखबिर तो नहीं बैठा है, जो यहाँ की बात वहाँ पहुँचा देगा।"

गाँववालों ने इस बार चौंककर एक-दूसरे की तरफ़ देखा और इस बार

सिर झुकाने के बजाय सबकी नज़रें अफ़सर की तरफ़ मुड़ गईं। अफ़सर कुछ देर उनकी निगाहों को तौलता रहा फिर एक लम्बी साँस छोड़ते हुए उसने कहा, "आप सब एक ही गाँव के हैं और सब आपस में एक-दूसरे के रिश्तेदार हैं, फिर भी आपको एक-दूसरे पर भरोसा नहीं है। फिर आप हमसे कैसे ये उम्मीद कर सकते हैं कि हम आप पर भरोसा करें?

इस बार गहरी विवशता का इज़हार करते हुए सबने अपने सिर हिलाए और चेहरे झुका लिए।

"ख़ैर... आप बेफ़िक्र रहें। आप ये मत समझिए कि हमने इन लड़कों को गिरफ़्तार किया है, ये हमारे बन्धक नहीं हैं। हम इन्हें यहाँ किसी काम पर लगा देंगे, इससे उन्हें रोज़गार भी मिल जाएगा और ये ग़लत हाथों में पड़ने से भी बच जाएँगे।"

सबने सहमति में सिर हिलाया, हालाँकि किसी के चेहरे से ये ज़ाहिर नहीं हो रहा था कि वे अफ़सर की बातों से आश्वस्त हैं। कट।

सीमा के उस पार के ट्रेनिंग कैम्प का दृश्य

सुबह का वक़्त। हल्के कोहरे से घिरे ट्रेनिंग ग्राउंड में एक मिलिट्री अफ़सर उन नए आए लड़कों के सामने खड़ा है और किसी मोटिवेशनल स्पीकर की तरह उन्हें समझा रहा है, "मैं आप सब का एहसानमन्द हूँ कि आपने ऐसी भारी बर्फ़बारी में यहाँ आने की ज़हमत उठाई। मैं आप सबके हौसले की कद्र करता हूँ। यहाँ आकर आप सब ने यह साबित कर दिया है कि आप उन लोगों के हाथ का मोहरा नहीं बनना चाहते हैं, जो हमारी क़ौम के दुश्मन हैं।"

उस मोटिवेटर को देखते हुए रोनी सूरतवाले मासूम लड़कों पर एक ट्रैक शॉट। उनमें से एक शक्ल से तेज़-तर्रार और शरीर से मज़बूत लड़के के चेहरे पर ताज़ा पिटाई के निशान दिखाई देते हैं। आँख के पास बैगनी धब्बे उभर आए थे और आँखों में लाल-लाल डोरे तैर रहे थे। और वह आँखें उठाकर देख रहा था।

"तुम यहाँ आने से पहले इसलिए बचते थे, क्योंकि तुम्हें वहाँ की हुकूमत

का ख़ौफ़ था। क्या हुकूमतें अल्लाह से भी बड़ी होती हैं? क्या तुम्हें अल्लाह का ख़ौफ़ नहीं था? वहाँ की भर्ती रैली में शामिल होने से पहले क्या तुम्हारा जमीर मर जाता है? कोई एक बार भी यह क्यों नहीं सोचता कि वे तुम्हें अपनी सेना में क्यों लेना चाहते हैं...। वे तुम्हारा इस्तेमाल खच्चरों की तरह करते हैं और तुम्हें अपनी ही क़ौम के ख़िलाफ़ लड़ना सिखाते हैं... हमें आपस में एक-दूसरे के ख़िलाफ़ लड़ने के बजाय उनसे लड़ना चाहिए जो हमारी क़ौम के दुश्मन हैं।"

लड़कों के चेहरों पर किसी भी तरह की कोई प्रतिक्रिया दिखाई नहीं दी, जैसे या तो उन्हें कोई बात समझ नहीं आई हो, या हर बात को वे पहले से समझ चुके हों।

ट्रेनिंग कैम्प के उस ट्रेनर ने अब उस लड़के की तरफ़ देखा, जिसके चेहरे पर सूजन थी, और आँखें ग़ुस्से से भरी हुई थीं।

"कल इस लड़के ने यह सवाल किया था कि हमें यहाँ क्यों लाया गया है? अब यह बात सबको समझ में आ गई होगी कि यहाँ ख़ौफ़ को ख़िलाफ़त में बदलने की ट्रेनिंग दी जाती है। अब तुम्हें उनसे डरने की ज़रूरत नहीं है... जब तुम्हारा ख़ौफ़ ख़िलाफ़त में बदल जाएगा... तब तुम्हें वापस भेज दिया जाएगा ताकि तुम वहाँ वही दहशत पैदा कर सको, जो दहशत उन्होंने तुम्हारे दिलों में भर दी है।"

सब लड़कों ने एक साथ अपनी नज़रें उठाकर उस अफ़सर को देखा और इस बार उनके देखने में कुछ ऐसा भाव था जैसे वे अपनी नियति को देख रहे हों। कट।

सीमा के इस पार के कैम्प का दृश्य

यहाँ भी एक मोटिवेटर अपने सामने खड़े लड़कों से मुख़ातिब है, "मैं जानता हूँ, इस वक़्त तुम सब के दिमाग़ में क्या चल रहा होगा। सब यही सोच रहे हो न कि हम तो न इधर के रहे न उधर के, अब आख़िर करें तो क्या करें?"

लड़कों ने हाँ या ना में कोई जवाब नहीं दिया।

"तुम्हारी जगह अगर मैं होता तो मुझे भी ये समझ में नहीं आता कि क्या

करें। जिस तरह से तुम्हें गुमराह किया जा रहा है और पिछले कई सालों से तुम लोगों को उन्होंने अल्लाह और इस्लाम के नाम पर बरगलाने की कोशिश की है उसका नतीजा ये है कि अब तुम एक ऐसे अँधेरे में खड़े हो जहाँ से कोई राह नज़र नहीं आती।"

एक बार फिर सब लड़कों पर कैमरा मूव होता है, उनमें से किसी के चेहरे पर इस बार भी कोई शिकन नहीं है। सिर्फ़ एक लड़के की भौंहें सिकुड़ गई थीं पेशानी पर कुछ लकीरें उभर आई थीं और उसकी आँखें कुछ कह रही थीं।

मोटिवेटर की निगाहें उस चेहरे पर ठहर जाती हैं और वह कुछ क़दम आगे बढ़कर उस लड़के के सामने खड़ा हो जाता है, "जो हालात अब बन गए हैं उसमें अगर कोई तुमसे ये पूछे कि तुम किस मुल्क के बाशिन्दे हो तो तुम क्या जवाब दोगे?"

वह लड़का जो कद में सबसे लम्बा और उम्र में सबसे बड़ा था, चुपचाप उस सवाल करनेवाले की आँखों में आँख डालकर देखता रहा। उस आदमी ने अपना चेहरा उस पर झुका दिया, "बताओ क्या तुम हिंदुस्तानी हो?"

"नहीं", लड़के ने तपाक से जवाब दिया।

"तो क्या तुम पाकिस्तानी हो?"

"नहीं।" लड़के ने इस बार और भी ऊँची आवाज़ में जवाब दिया।

उस अफ़सर ने बहुत आश्चर्य से उसे देखा। कुछ देर वह सोचता रह गया कि आगे क्या कहे फिर उसने उस लड़के के दोनों कन्धों पर अपने हाथ रख दिए, "ठीक है... तो अब तुम ये बताओ कि तुम कहाँ के रहने वाले हो?"

"मैं क़ब्रिस्तान का रहने वाला हूँ... मेरे मुल्क का नाम भी क़ब्रिस्तान है... हम सब क़ब्रिस्तानी हैं। हमारे मुल्क में क़ब्र खोदने और मुर्दे दफनाने के अलावा कोई काम नहीं होता...।"

अफ़सर ने अपने दोनों हाथ उसके कन्धों से हटा लिए और अपनी कमर पर दोनों हाथों की मुट्ठियाँ टिकाकर मुस्तैदी से खड़ा हो गया और कड़ी निगाहों से उसे कुछ देर देखता रहा, "हम यहाँ किसी नाटक का रिहर्सल करने के लिए जमा नहीं हुए हैं... इस तरह के डायलॉग फ़िल्मों और नाटकों में अच्छे

लगते हैं... ये कोई थियेटर नहीं आर्मी का कैंप है।"

"जी सर! आप हमें सिर्फ़ यहाँ के नियम बताइए और ये बताइए कि हमें करना क्या है।"

अफ़सर ने गहरी साँस ली, फिर तनाव को थोड़ा कम करने और बात में सहजता लाने की कोशिश करने लगा, "बात अगर सिर्फ़ नियम और कानून की की जाए तो हम कभी एक साथ नहीं हो सकते। नियम मानना और नियम मनवाना एक बात है और किसी बात को अच्छी तरह समझकर उसे अमल में लाना अलग बात है। मेरे जैसे अफ़सर जो ऊँचे ओहदे पर बैठे होते हैं और सिर्फ़ नियम का पालन करने की बात करते हैं, बिलकुल ये नहीं जानते कि निचले स्तर पर क्या हो रहा है। ठीक वैसे ही जिन हालातों से आप घिर गए हैं, वहाँ से ऊँचे स्तर पर क्या हो रहा है ये आप नहीं जान सकते। हम केवल ऊपरी तौर पर एक-दूसरे को जानते हैं इसलिए एक-दूसरे पर पूरा यक़ीन नहीं करते और इसी वजह से कई तरह की ग़लतफ़हमियाँ पैदा होती है। पिछले कई सालों से यही चल रहा है और अब हम जिस दौर से गुज़र रहे हैं, उसमें अगर एक-दूसरे पर भरोसा नहीं करेंगे तो..."

"काम की बात कीजिए सर... ये बताइए कि हमें करना क्या है।"

उस लड़के ने इस बार अफ़सर की बात बहुत बदतमीजी से काटी थी। अफ़सर कुछ देर उसके चेहरे को देखता रह गया फिर उसने दूसरे लड़कों पर नज़रें घुमाईं। उन सब के चेहरे भी उतने ही भावहीन थे जितने किसी रोबोट के चेहरे होते हैं।

कट।

फ़िल्म के इस हिस्से तक पहुँचते-पहुँचते डायरेक्टर महोदय का दिमाग़ थक गया। उन्हें नींद के झोंके आने लगे, बोझिल पलकें कुछ देर खुलती बन्द होती रहीं और छोटी-छोटी झपकियों के साथ फ़िल्म की कुछ झलकियों का सिलसिला चलता रहा, जिसमें सीमा पार के कैम्प में लड़कों को हथियार

चलाने, विस्फोटकों का आत्मघाती इस्तेमाल करने और निगरानियों से बचते हुए बहुत दुर्गम और ख़तरनाक रस्तों से घुसपैठ करने की ट्रेनिंग दी जा रही है। सीमा के इस तरफ़ वाले कैम्प में भी लड़कों को उन्हीं दुर्गम ऊँचाइयों में जाकर घुसपैठ के हॉटस्पॉट को ट्रेस करने घुसपैठियों पर नज़र रखने और उनके रूट के बारे में वायरलेस से जानकारी देने और खच्चरों की तरह गोला-बारूद पीठ पर लादकर ऊपर युद्धस्थल तक ले जाने और विस्फोटकों को डिफ्यूज करने का काम सिखाया जा रहा है।

कुछ देर बाद वे गहरी नींद में चले गए और फिर फ़िल्म की जगह उनकी निजी ज़िन्दगी के गड़बड़ाए हुए मोंताज अचेतन मन की निचली तहों से उभर कर आने लगे। ये उस दुनिया के बिम्ब हैं जिसमें बड़े-बड़े फ़िल्म फ़ेस्टिवल हैं, बड़ी-बड़ी पार्टियाँ हैं, प्रसिद्धि और ग्लैमर का आभामण्डल है। ख़ूबसूरत अभिनेत्रियों के साथ जुड़े स्कैंडल हैं, प्रसिद्ध पत्रिकाओं के मुखपृष्ठों पर जगमगाती और आलीशान होटलों के कमरों के नीम अँधेरे में हमबिस्तर होती बदचलन दुनिया... उफनते हुए हुस्न के साथ सुर्खियों में आती और बेकारी और गुमनामी में ग़र्क़ होती दुनिया... उभरते-डूबते सितारों, प्रोड्यूसरों, फ़ाइनेंसरों, वितरकों, फ़िल्मी पत्रकारों, समीक्षकों और विज्ञापन एजेंटों की दुनिया, जिसमें कुछ भी स्थिर टिकाऊ और विश्वसनीय नहीं होता।

और ये दुनिया किसी फ़िल्म निर्देशक के निर्देशन से नहीं चलती, उसकी अपनी चाल होती है। ये दुनिया किसी के साथ कोई रियायत नहीं करती, उसकी बेरहम 'चालों' का परिणाम सबको भुगतना पड़ता है। जब वे अपनी उस फ़िल्म के दृश्यों को फ़िल्मा रहे थे, जिसमें सीमावर्ती इलाक़े से उठाए गए लड़कों को प्रशिक्षण के नाम पर यातना दी जा रही थी, तब वे ख़ुद भी मानसिक रूप से प्रताड़ित हो रहे थे।

ये फ़िल्म उनकी अब तक की सबसे बड़े बजट की फ़िल्म थी और उसके निर्माण के दौरान ही फ़ाइनेंसरों और वितरकों ने यह समझ लिया था कि व्यावसायिक रूप से इसका कोई महत्त्व नहीं है। सूत्रों से यह जानकारी भी मिल गई थी कि सेंसर से इस फ़िल्म को सर्टिफिकेट मिलने की भी कोई गुंजाइश

नहीं है क्योंकि इसमें राष्ट्रीय सुरक्षा का मामला जुड़ा हुआ था और मिलिट्री से सम्बन्धित कुछ आपत्तिजनक दृश्य भी थे।

फ़िल्म जब आगे बढ़ रही थी तो फ़ाइनेंसरों ने आधे बीच में हाथ खींच लिए। इस बात से वे ग़ुस्से में आ गए और उन्होंने स्टूडियो की प्रॉपर्टी को गिरवी रखने का फ़ैसला ले लिया। इस बात का पता लगते ही उनकी पत्नी और दोनों बेटों ने कोहराम मचा दिया। वे इस प्रापर्टी के आधार पर भविष्य की योजना बना चुके थे। हर तरह की पहुँच रखनेवाले एक बिल्डर के साथ मिलकर वे पाँच एकड़ में फैले इस स्टूडियो को एक सुपर मॉल और मल्टिफ्लेक्स में बदलने का प्लान बना चुके थे। इससे पहले कि वे अपनी सोची-समझी स्कीम को आगे बढ़ाते, सूदखोर ने अपनी चाल चल दी वह प्रॉपर्टी को बहुत कम क़ीमत में हड़पने के लिए घेरेबन्दी कर चुका था।

अब एक तरफ़ एक बूढ़े और सनकी डायरेक्टर की एक फ़िल्म के लिए अपना सब कुछ दाँव पर लगा देने की जिद थी, दूसरी तरफ़ उनके बेटों का उतना ही प्रबल विरोध। एक तरफ़ सूदखोर का फैलाया हुआ जाल था तो दूसरी तरफ़ बिल्डर की लॉबी थी जो साम-दाम-दंड-भेद की अपनी कार्यशैली के लिए कुख्यात थी।

जब एक तरफ़ वे अपनी फ़िल्म के सबसे मुश्किल शॉट फ़िल्मा रहे थे तब दूसरी तरफ़ बिल्डर सूदखोर और डायरेक्टर के दोनों बेटों के बीच एक गर्मागर्म मीटिंग चल रही थी, जिसमें मध्यस्थ के रूप में एक गैंगस्टर भी मौजूद था। इन सब चालबाजियों से डायरेक्टर महोदय बिलकुल नावाक़िफ़ थे, लेकिन कैमरामैन डिकोस्टा की सब पर पैनी नज़र थी। एहतियात के तौर पर उसने एक पॉवर ऑफ एटार्नी पहले से बनवा ली थी।

जब फ़ाइनेंसर, बिल्डर, गैंगस्टर और दोनों बेटों के बीच डील फ़ाइनल हो गई, तो उन्होंने अपने काग़ज़ात तैयार किए और एक मज़बूत प्लानिंग के साथ डायरेक्टर का अपहरण कर लिया। पहले उन्हें विश्वास में लेने और समझाने की कोशिश की गई लेकिन जब वे नहीं माने तो उनके बड़े बेटे ने उठकर उन्हें एक तमाचा जड़ दिया। वे अवाक रह गए और पहली बार ऐसा हुआ कि

ग़ुस्से में आने के बजाय वे शॉक्ड हो गए। कुछ देर बाद उन्होंने काग़ज़ों पर दस्तख़त कर दिए और उठकर वहाँ से चले गए। उस दिन के बाद वे कभी अपने घर नहीं गए।

वे एक्यूट नर्वस डिप्रेशन में चले गए थे और उन्होंने दुनिया की हर चीज़ से अपना नाता तोड़ लिया था लेकिन डिकोस्टा चुप नहीं बैठा, उसने इस अपहरण और जालसाजी के ख़िलाफ़ एफआईआर दर्ज करवा दी और मामला कोर्ट में चला गया। उसने शहर के सबसे बड़े लायर के हाथ में ये केस दे दिया और केस लड़ने के लिए गोवा की अपनी पुश्तैनी ज़मीन दाँव पर लगा दी।

डोरबेल की तेज़ आवाज़ ने उन्हें नींद से झकझोर दिया। कुछ देर वे उनींदी आँखों से अपने आस-पास फैली दोपहर को देखते रहे, फिर कुर्सी का पहिया लुढ़काते हुए दरवाज़े तक आए और दरवाज़ा खोल दिया। सामने जोमेटो का डिलिवरी ब्वाय खड़ा था, उसने लंच का पैकेट उनके हाथों में थमाया और चला गया। लंच के पैकेट को डायनिंग टेबल पर रखकर वे वॉशबेसिन के पास चले गए, दाएँ हाथ से अपना चेहरा धोने के बाद वे फिर डायनिंग टेबल तक आए और पैकेट खोलकर खाना प्लेट में निकाला और खाने लगे। भोजन के बाद वे अपने बेडरूम में गए और कुर्सी से उठकर बिस्तर पर लेट गए।

जब शाम हुई तो वे फिर बालकनी में आ गए। सूरज अब उनके सामने नहीं पीछे था लेकिन उसकी लालिमा समुद्र की सतह पर फैली हुई थी। दूर से मछुवारों की नावें वापस लौट रही थीं। हवा फिर अपनी मौज में बह रही थी और वह समुद्र की सतह के साथ धींगा-मस्ती कर रही थी। हवा की बदमाशियों के कारण सतह का पानी उछलते-गिरते छपाकों में बदल गया था, हवा और उन दैत्याकार छपाकों के आग़ोश में तैरती कश्तियों के अगले-पिछले हिस्से कुछ इस कदर ऊपर-नीचे हो रहे थे, कि लगता था कश्ती से कई गुना बड़े छपाके उन्हें या तो हवा में उछाल देंगे या अपने भीतर की गहराइयों में डुबो देंगे। लेकिन कश्तियाँ भी कुछ कम नहीं थी, वे बड़ी अदा से इठलाती और उन

छपाकों को छकाती हुई किनारे की तरफ़ बढ़ती चली आ रही थीं।

'काश मनुष्य की ज़िन्दगी भी इन कश्तियों जैसी होती...' उन्होंने सोचा, 'काश ज़िन्दगी के पास भी हालातों को छकाने और इठलाते हुए किनारे तक पहुँचने का हुनर होता...' उनके चेहरे पर किसी दार्शनिक जैसी गम्भीरता उभर आई। हवा के झोंके उनके लम्बे बालों को सहला रहे थे, हल्की सुर्ख़ रोशनी उनके सफ़ेद बालों पर लहरा रही थी।

वे अब एक ऐसी तरोताजा मन:स्थिति में थे, जब मन ज़ल्दबाज़ी में अनाप-शनाप रूप से बहुत कुछ सोचने के बजाय बहुत अच्छी तरह पर्याप्त मात्रा में विचार करता है। वे हालाँकि अब भी एक तरह की भावनात्मक चिन्ता में खोए हुए थे, लेकिन उन भावनाओं में नहीं जो उनकी व्यक्तिगत ज़िन्दगी से जुड़ी थी, बल्कि उन भावनाओं में जो उनकी फ़िल्म के किरदारों की ज़िन्दगी से जुड़ीं थीं।

उनकी स्मृति में फिर वही परिवेश और वही किरदार उभर आए, फिर वही गाँव और गाँव की गलियाँ दिखाई दीं और दृश्य चलता हुआ कच्चे-पक्के मकानों पर से गुज़रता है अधिकांश मकानों की दीवारें गोलियों से छिदी हुई थीं और कई मकान हथगोलों से ध्वस्त थे। इधर-उधर फैली लावारिस क़ब्रों से गुज़रता हुआ कैमरा एक बहुत बड़ी और लम्बी क़ब्र पर आकर रुक गया। ये क़ब्र अन्य क़ब्रों से कई गुना बड़ी थी, जैसे उसमें सामूहिक रूप से कई लाशों को एक साथ दफनाया गया हो।

कैमरा उस क़ब्र पर स्थिर है और पार्श्व से एक साथ कई बैसाखियों की लयबद्ध खट-खट और जूतों की ताल सुनाई देती है। अब कैमरा मूव करता है और पथरीली ऊबड़-खाबड़ सड़क पर दूर से आते अपाहिजों का एक दल दिखाई देता है, उनमें से दो लोग ट्राइसिकल पर सवार थे और बाक़ी सब बैसाखी के सहारे चले आ रहे थे। वे किसी पंक्तिबद्ध सेना की तरह अनुशासित हैं, उनकी चाल में प्रशिक्षित सैनिकों जैसी दृढ़ता है लेकिन हाथ में बन्दूक की जगह बैसाखी है। क़ब्र के क़रीब आकर वह दल दो भागों में विभाजित हुआ और उनमें से आधे क़ब्र के इधर और आधे उधर खड़े हो गए, बीच में लम्बी क़ब्र थी और वे आमने-सामने खड़े थे।

कैमरा अब सर्किल में पैन करता है और एक-एक कर सबके चेहरे क्लोज़ में आते हैं, ये वही लड़के थे जिनमें से आधे लड़कों को सीमा के उस पार और आधे लड़कों को सीमा के अन्दर के ट्रेनिंग कैम्पों में ले जाया गया था।

लेकिन अब वे एक-दूसरे के सामने खड़े थे और उस लम्बी क़ब्र को देख रहे थे। उनके चेहरों पर न तो कोई दुख था न किसी मृतात्मा के लिए कोई दुआ। वे सब ऐसे दिखाई दे रहे थे जैसे उन्होंने अनगिनत मुसीबतें बिना किसी एहसास के झेली हों और किसी भी तरह के दर्द के लिए अब उनके पास कोई जगह न बची हो। वे ख़ुद अपने भूत जैसे दिखाई दे रहे थे, बिना ज़िन्दगी के चलते-फिरते जिस्म... बेहिस और बेसबब...

कुछ देर क़ब्र को देखने के बाद सबने नज़रें उठाई और एक-दूसरे को देखने लगे और एक सामूहिक याद में खो गए।

डिज़ाल्व के बाद फ़्लैशबैक

बर्फ़ीले पहाड़ों का एक है शॉट। कैमरा आसमान से ज़मीन की और देख रहा है और धीमी गति से एक लम्बा चक्कर काटता हुआ ऊँचाई पर स्थित उस जगह के इर्द-गिर्द घेरा बनाता है जिसे घुसपैठ, झड़पों और गोलीबारी का हॉटस्पॉट माना जाता है।

फिर कैमरा लो एंगल पर आता है और सीमापार से ऊँची पहाड़ी पर चढ़ता सात लड़कों का एक दल दिखाई देता है। वे हथियारों से लैस हैं, लेकिन उनका पहनावा कमांडो जैसा नहीं चरवाहों जैसा है। वे ऊपर चढ़ते चले जा रहे थे, नज़रों से दूर होते जा रहे थे और सफ़ेद बर्फ़ के बीच सरकते काले धब्बों में बदलते जा रहे थे।

कट के बाद अब उन लड़कों का सीन जिन्हें घुसपैठ पर नज़र रखने के लिए ट्रेन किया गया था। वे बर्फ़ में उभरी हुई छोटी-छोटी चट्टानों की आड़ में खड़े हैं और झाँककर देखते हैं, जब घुसपैठिए नज़दीक आने लगे तो उन्होंने अपने चेहरे छुपा लिए।

कुछ देर बाद बर्फ़ पर जूतों की चरमराहट सुनाई देती है फिर आवाज़

नज़दीक आती है और वे उनके क़रीब से गुज़रते हैं। वे हाँफ रहे थे और आपस में बात कर रहे थे कि आगे जो दर्रा है उस दर्रे को बहुत तेज़ी से पार करना पड़ेगा क्योंकि ठंड बहुत तेज़ी से बढ़ रही है, बर्फ़ गिरनी शुरू हो गई है, अगर बर्फ़ तेज़ी से गिरने लगेगी तो दर्रे को पार करना मुश्किल हो जाएगा।

उनके गुज़र जाने के बाद छुपकर बैठे लड़कों के बीच संवाद शुरू होता है। जो घुसपैठिए अभी-अभी वहाँ से गुज़रे थे, उनकी आवाज़ से उन्हें मालूम हो जाता है कि वे उन्हीं के गाँव के लड़के हैं, जिन्हें एक साल पहले कुछ नक़ाबपोश उठा ले गए थे।

अब वे इस असमंजस में हैं कि क्या करें, घुसपैठियों के बारे में वायरलेस से बेसकैम्प में कोई जानकारी दी जाए या नहीं। अगर वे जानकारी देंगे तो उन घुसपैठ करनेवालों का क्या अंजाम होगा और अगर नहीं देंगे तो ख़ुद उनका क्या अंजाम होगा।

"अगर हम उनकी और अपनी जान बचाना चाहते हैं तो हमारे पास केवल एक ही तरीका है।" जिस लम्बे लड़के ने ट्रेनिंग के दौरान अपने अफ़सर के साथ बहस की थी, उस लड़के ने सबको सम्बोधित करते हुए कहा, "हम उनके पास जाते हैं और उन्हें ये समझाते हैं कि या तो वे सरेंडर कर दें या वापस चले जाएँ।"

"लेकिन उन्होंने हमारी बात सुनने के बजाय हम पर फ़ायरिंग कर दी तो?" दूसरे लड़के ने सन्देह व्यक्त किया।

"नहीं। वे हमारे ही गाँव के हैं, हमें पहचानने के बाद वे ऐसा नहीं करेंगे।"

"कुछ कहा नहीं जा सकता।" दूसरे लड़के के पीछे खड़े एक और लड़के ने कहा, "कुछ भी हो सकता है... अब वे हमारे गाँव के नहीं हैं, उनके दिलोदिमाग़ को बदल दिया गया होगा।"

लम्बे लड़के ने सहमति में गर्दन हिलाने के बाद एक गहरी साँस छोड़ते हुए कहा, "बात तो तुम ठीक कह रहे हो लेकिन या तो हमें ख़तरा उठाना पड़ेगा या उन्हें उनके हाल पर छोड़ना पड़ेगा। सवाल सिर्फ़ मिलिट्री के हाथों पकड़े जाने का नहीं है, असली ख़तरा तो इस जानलेवा मौसम से है। मैं बहुत

अच्छी तरह जनता हूँ कि ऐसे हालात में दर्रे में फँसने का क्या मतलब होता है। ज़्यादा सोचने का वक़्त नहीं है हमारे पास। हम ख़ुद भी यहाँ ज़्यादा देर नहीं रुक सकते... बोलो ज़ल्दी क्या करना है?"

"तुम इसलिए उनकी जान बचाने की फ़िक्र कर रहे हो क्योंकि उस दल में तुम्हारा भाई भी है।" एक लड़के ने बहुत द्वेष से भरी नज़रों से उसे देखते हुए कहा।

लम्बा लड़का तैश में आ गया, "और तुम शायद इसलिए कोई ख़तरा नहीं उठाना चाहते क्योंकि उस दल में तुम्हारा भाई नहीं है।"

कुछ देर वहाँ सन्नाटा छाया रहा।

"हम सब एक ही हालत से घिरे हैं।" लम्बे लड़के ने चुप्पी तोड़ते हुए कहा, "इसलिए जो सबका फ़ैसला होगा वो मुझे भी मंज़ूर होगा। अगर दर्रे की तरफ़ जाना है तो हाथ उठाकर रज़ामन्दी दो... और नहीं जाना है तो सब वापस चलो...।"

उसकी बात पूरी होते ही चार लड़कों ने एक साथ हाथ उठा दिए, फिर दो लड़कों ने एक के बाद एक हाथ उठाए। जिस लड़के ने अभी तक हाथ नहीं उठाया था वह कुछ देर उस लम्बे लड़के को देखता रहा फिर उसने अपने क़दम दर्रे की तरफ़ बढ़ा दिए।

अब वे सब तेज़ी से दर्रे की तरफ़ बढ़ने लगे। कुछ देर पहले सीमा पार से आए लड़कों का जो दल वहाँ से गुज़रा था उन लड़कों के जूतों के गहरे नक़्श बर्फ़ पर दूर तक दिखाई दे रहे थे लेकिन गिरती हुई बर्फ़ से वे निशान धुँधले पड़ते जा रहे थे। उन्होंने अपनी चाल तेज़ कर दी, अगर निशान मिट जाएँगे तो उनका पता लगाना मुश्किल हो जाएगा।

कुछ देर बाद बाद वे एक तिरछी और खड़ी ढलान से उतरते हुए दर्रे में दाख़िल हो गए और कुछ दूर जाने के बाद रुक गए। बर्फ़ पर क़दमों के निशान ग़ायब थे और लड़के कहीं दिखाई नहीं दे रहे थे। जिस दर्रे को वे पार करने की सोच रहे थे उस दर्रे का आधा हिस्सा हिमस्खलन से ढक गया था और ऊपर से फिसलकर आती बर्फ़ का धीमा प्रवाह अभी तक जारी था।

मौसम ने अचानक रुख़ बदल लिया था और वे हालाँकि बदलती परिस्थितियों में नए और तात्कालिक तरीक़े अपनाने में सक्षम थे, लेकिन उन्हें सुरक्षा के लिए जो साधन दिए गए थे, वे सिर्फ़ सामान्य स्थितियों के अनुकूल थे। जबकि अब वे भयानक स्थितियों से घिर गए थे। पहाड़ों से न केवल बर्फ़ फिसल रही थी, बल्कि पहाड़ों के ऊपर काले धूसर बादलों का जमावड़ा शुरू हो गया था, जो इतने सघन थे कि कभी भी फट सकते थे। वे सब दर्रे में अपने सामने फैली बर्फ़ को और तेज़ी से बदलते आसमान को हैरत भरी नज़रों से देखते रहे।

"वापस चलो... लम्बे लड़के ने ऊँची आवाज़ में कहा, "अब हम उनके लिए कुछ नहीं कर सकते... वे दर्रे में फँस गए हैं... हमें भी जितनी ज़ल्दी हो सके नीचे जाना होगा वरना हम भी फँस जाएँगे।"

वे सब पलटकर तेज़ी से विपरीत दिशा में चलने लगे, जैसे दुश्मन सेना उनका पीछा कर रही हो। दर्रे की चढ़ाई वापस चढ़ने के बाद दर्रे से बाहर आते-आते वे हाँफ गए... दो लड़कों की साँस उखड़ गई, वे बिलकुल चल नहीं पा रहे थे। वे पिछड़ते जा रहे थे। एक लड़के ने अपना आक्सीजन मास्क अपने पिट्ठू थैले से निकाला और दूसरे लड़के से कहा, "ज़ल्दी से अपना मास्क निकालो... यहाँ ज़्यादा देर रुकना ठीक नहीं है... हम पिछड़ गए हैं...।"

"मेरी नाक और गाल ठंड से जमना शुरू हो गए हैं।" उस लड़के की आवाज़ बहुत मुश्किल से निकल पा रही थी, "और उँगलियाँ भी दस्ताने के अन्दर जम गई हैं...।"

"ओह! ...रुको मैं तुम्हारा मास्क लगा देता हूँ।"

दूसरे लड़के ने उसके पिट्ठू थैले से मास्क निकालकर उसकी नाक और मुँह पर लगाने के बाद थैले के दाईं ओर रखे आक्सीजन सिलेंडर के नाब को दाईं और घुमा दिया।

"सिर्फ़ आक्सीजन से काम नहीं चलेगा... तुम अपने हाथ अपने पैरों पर ज़ोर-ज़ोर से टकराते रहो और चलते रहो। कहीं रुकना मत, पैरों में ख़ून का दौरा बन्द हो गया तो..."

जो लड़के आगे चले गए थे, वे रुककर उनका इन्तज़ार कर रहे थे। जब

वे उनके पास पहुँचे तो लम्बे लड़के ने सबको एक साथ सम्बोधित किया, "देखो एक बात का सब ध्यान रखना, बारिश शुरू हो गई है, अगर बारिश का पानी हमारे जूतों के अन्दर चला गया तो वह तेज़ी से जमने लगेगा और सिर्फ़ दौड़ने या उछलने-कूदने से हमारे पैरों में गर्मी नहीं आएगी... कैम्प तक पहुँचने में चार घंटे लग जाएँगे। रास्ते में हमें आग जलाकर अपने जूतों और कपड़ों को सुखाना पड़ेगा। इसलिए रास्ते में जहाँ कहीं भी पेड़ की सूखी टहनी या सूखी घास दिखाई दे उठाते जाना... जितनी ज़्यादा से ज़्यादा हो सके... आख़िर में सिर्फ़ आग ही हमारी टाँगों को बचा सकती है...।"

गरजते बादलों, कड़कती बिजलियों और तेज़ी से घिरते अँधेरे के बीच आठ लड़कों का वह दल तेज़ी से नीचे उतरता दिखाई दिया। कट।

सीमा पार से आए, दर्रे में फँसे दूसरे दल के सात लड़कों का सीन–

वे सब घुटनों तक बर्फ़ में धँसे हैं और हिमस्खलन की भुरभुरी रेत जैसी बर्फ़ के ढेर से बाहर निकलने की कोशिश कर रहे हैं। उनकी दाढ़ी-मूँछों, भौंहों और बरौनियों पर बर्फ़ जमनी शुरू हो गई है। वे सब भयंकर ग़ुस्से में हैं और अपनी क़िस्मत को कोस रहे हैं और उन सब को गालियाँ दे रहे हैं जिन्होंने उन्हें ऐसे हालात में धकेल दिया था। उनमें से एक लड़का ग़ुस्से से पागल होकर अपनी गन से बर्फ़ को पीट रहा था।

"अपनी तक़दीर को कोसने और किसी को गालियाँ देने से कुछ नहीं होगा।" उस दल के लीडर ने उसके पास जाकर उसकी बाँह थाम ली। ये वही लड़का था, जिसकी ट्रेनिंग कैंप में पहले ही दिन बहुत पिटाई हुई थी।

"तो क्या करूँ? ख़ुद को गोली मार लूँ?"

"नहीं ख़ुद को गोली मारने के बजाय हम सब को मार डालो।"

और इतना सुनते ही उस लड़के ने सचमुच सब पर गन तान दी, उसके चेहरे पर और आँखों में जो वहशियाना चमक थी, उससे साफ़ ज़ाहिर हो रहा था कि वह कुछ भी करने से हिचकिचाएगा नहीं। वह अपने अन्दर से उठते

क्रोध के बवंडर को रोक नहीं पा रहा था। फिर अचानक उसने अपनी गन आसमान की तरफ़ उठा दी और अंधाधुंध फायरिंग करने लगा। जब गोलियाँ ख़त्म हो गई तो वह फिर से बर्फ़ पर पिल पड़ा।

"ख़ाली गन का अगर इस्तेमाल करना ही है तो लाठी की तरह मत करो, कुल्हाड़ी की तरह करो... उसे बर्फ़ में धँसाकर उसके सहारे बर्फ़ में धँसी अपनी टाँगों को बाहर निकालो।"

दल के लीडर ने अपनी गन को बर्फ़ में धँसाया और उसके दस्ते के सहारे अपने जिस्म को घसीटकर बर्फ़ में धँसी अपनी बाईं टाँग को ऊपर की तरफ़ खींचा। जब बायाँ पैर बाहर आया तो दायाँ पैर और गहराई में धँस गया लेकिन वह एक क़दम आगे बढ़ने में सफल हो गया, उसने दूसरी बार गन की नली को बर्फ़ में गाड़ा और दाईं टाँग को बाहर खींच लिया। दाईं टाँग जैसे ही बाहर आई बाईं टाँग उतनी ही गहराई में धँस गई लेकिन दो बार के अपने इस प्रयास में वह चार क़दम आगे बढ़ने में सफल हो गया। फिर वह बार-बार अपने प्रयासों को दोहराता गया और दूसरे लड़कों ने भी उसकी नकल शुरू कर दी।

हिमस्खलन की भुरभुरी बर्फ़ के साथ अब बारिश का पानी और ऊपर से बहकर आई मिट्टी भी शामिल हो गई थी और बर्फ़ का वह ढेर भयानक ठंडे दलदल में बदलता जा रहा था। उस बर्फ़ीले दलदल से बाहर निकलने के लिए उन्हें दो सौ फिट की दूरी पार करनी थी, लेकिन एक चौथाई दूरी तै करने के बाद उनकी टाँगों में ख़ून जमने लगा और कुछ देर बाद जब टाँगों ने हिलने से इनकार कर दिया तो वे अपनी गन के सहारे अपने समूचे जिस्म को घसीटने लगे।

जो लड़का सबसे आगे था उसने एक बार मुड़कर सबको देखा। वह बुरी तरह हाँफ रहा था,

"बर्फ़ के इस ढेर से बाहर निकलने के बाद हम इस लायक नहीं रहेंगे कि एक क़दम भी चल सकें... इसलिए मेरा यह इरादा है कि आगे दाईं और जो ढलान दिखाई दे रही है वहाँ तक पहुँचने के बाद हम अपने हथियार फेंककर ढलान में ख़ुद को लुढ़का देंगे। ढलान जहाँ ख़त्म होती है, वहाँ से बीएसएफ

की सड़क ज़्यादा दूर नहीं है।"

"क्या मतलब है तुम्हारा?" अगर ख़ुदकुशी ही करनी है तो हमारी बन्दूकों में क्या कमी है? हम इतनी दूर क्यों मरने जा रहे हैं? यहीं क्यों न ख़ुद को ख़त्म कर लें?"

"मैं मरने-मारने की नहीं, बचने और बचाने की कोशिश कर रहा हूँ।"

"नहीं तुम हम सब को इंडियन आर्मी के हवाले करने जा रहे हो।"

"फ़िलहाल इस जानलेवा ठंड से बचने के अलावा मैं कुछ नहीं सोच रहा हूँ... अगर हम सौ फिट भी नीचे जाने में कामयाब हो गए तो अकड़कर मरने से बच जाएँगे... बाद में जो होगा देखा जाएगा।"

इतना कहते ही वह मुड़ा और ढलान की तरफ़ घिसटने लगा। ढलान तक पहुँचने के बाद वह एक बार फिर मुड़ा, कुछ देर वह उन लड़कों की तरफ़ देखता रहा फिर अपनी गन फेंक दी, अपने दोनों हाथ उठाकर कोई दुआ पढ़ी और आँखें बन्द कर के ख़ुद को उस लम्बी ढलान में लुढ़का दिया। कुछ देर सब लड़के एक-दूसरे का चेहरा देखते रहे फिर सब एक साथ ढलान की तरफ़ बढ़ने लगे।

सीमा के इस पारवाला दल नीचे उतर आया था। वे सब भीगे हुए थे। उन्होंने सूखी टहनियों को एक जगह जमा किया। एक लड़के ने अपनी पैंट की जेब से लाइटर निकालने के लिए अपने दस्ताने निकालने की कोशिश की लेकिन उँगलियाँ इतनी अकड़ गई थीं कि वह अपने ही हाथ को पकड़ नहीं पा रहा था। खीजकर उसने दाँतों से पकड़कर दस्ताने को खींचा और अपने हाथ को पाँव पर पीटने लगा। कुछ देर बाद जब उँगलियों में ख़ून का संचार शुरू हुआ, उसने लाइटर जेब से निकाला और पहले सूखी घास के एक गुच्छे को जलाया फिर छोटी-छोटी टहनियाँ उस पर रखने लगा।

आग की लपट जैसे ही थोड़ी ऊपर उठी, वे सब उसके नज़दीक आने लगे। वह एक छोटा-सा टहनियों का ढेर था और उसमें से उठती आग इतनी

तेज़ नहीं थी कि आठ जिस्मों को गरमा सके। सबसे पहले वे अपने ठंड से जम चुके पाँव को गर्माना चाहते थे। बारिश का पानी जूते के अन्दर जाकर बर्फ़ में बदल गया था लेकिन जूते के तस्मे खोलने के लिए दस्ताने उतारना ज़रूरी था, जब उन्होंने दस्ताने निकाले तो ठंड ने उनके नंगे हाथों को दबोच लिया, उन्होंने जूते खोलने की कोशिश की ज़रूर, मगर अकड़ चुकी उँगलियाँ इस क़ाबिल नहीं थीं।

अब वे सब आग के नज़दीक आने के लिए धक्का-मुक्की करने लगे। जैसे भूखे जानवर मांस के एक टुकड़े के लिए छीना-झपटी करते हैं, वैसे ही वे उस आग को एक-दूसरे से छीनना चाहते थे। लम्बा लड़का कुछ देर उन्हें समझाने की कोशिश करता रहा फिर वह आग के लिए लड़ते उन लड़कों से अलग हो गया।

वह अपनी जैकेट की जेब से वायरलेस सेट निकालने की कोशिश करने लगा। उसकी भी उँगलियाँ अकड़ गई थीं और वायरलेस सेट को पकड़ नहीं पा रही थीं। झुँझलाकर उसने बाएँ हाथ के ऊपरी हिस्से से जैकेट की जेब में पड़े वायरलेस सेट के निचले हिस्से को ठोंकना शुरू कर दिया। कुछ देर की कोशिशों के बाद जब सेट उछलकर बाहर गिर गया तो वह उस पर घुटनों के बल झुक गया और चैनल नम्बर दस के बटन को अपनी कोहनी से दबा दिया, उसका इतना प्रयास काफ़ी था यह बताने के लिए कि वे फ़िलहाल कौन-सी लोकेशन में हैं। चैनल नम्बर दस आर्मी की रेसक्यू टीम का नम्बर था।

कुछ देर तक वह आतंकित नज़रों से अपने हाथों को देखता रहा, फिर अपने साथियों की तरफ़ मुड़ा। आग बुझ चुकी थी और वे सब राख़ के ढेर पर ढेर हो गए थे, उनके कूल्हों और पाँवों के बीच से और नीचे से धुआँ निकल रहा था।

फिर उसने विपरीत दिशा में दूर तक नज़रें दौड़ाईं। उसकी आँखें सतर्क हो गईं और पूरा ध्यान किसी चीज़ पर केन्द्रित हो गया। उसे दूर से कोई आवाज़ सुनाई दे रही थी। वह अचानक आवाज़ की दिशा में आगे बढ़ा, फिर पलटकर वापस जैकेट के पास आया और दूसरी जेब से दूरबीन निकालने की कोशिश करने लगा, दूरबीन जेब से बाहर तो आ गई लेकिन उसे उठाकर आँखों पर

लगाने में उसकी उँगलियाँ सक्षम नहीं थीं। अपने अकड़े हुए हाथों से उसने जैसे-तैसे दूरबीन को उठाकर आँखों पर जमाया और आवाज़ की दिशा में देखने लगा। उसे पहाड़ों के बीच एक घुमावदार काली रेखा दिखाई दी। दृश्य को नज़दीक से देखने के लिए दूरबीन के नॉब को दाईं और घुमाना ज़रूरी था। उसने दूरबीन के नॉब को अपनी ठुड्डी से लगाया और ठुड्डी से ही रगड़कर उसे घुमाने की कोशिश करने लगा। कुछ देर बाद जब उसने दूरबीन वापस आँखों पर लगाई तो सड़क पर एक ट्रक आता दिखाई दिया। वह ख़ुशी से चीख पड़ा और उत्साह में वह यह भूल गया कि उस ट्रक को उसने अपनी निगाहों की वास्तविक रेंज से नहीं दूरबीन की रेंज से देखा था। उस पर एक अति उत्साह से भरी हड़बड़ी हावी हो गई और वह अचानक दौड़ने लगा और कुछ ही दूर दौड़ने से उसे लगा कि दौड़ने से उसके पैरों में जमी बर्फ़ पिघल जाएगी और वह दौड़कर सड़क तक पहुँच जाएगा और उस ट्रक को रुकवाकर अपनी और सबकी जान बचा लेगा। लेकिन उसे मालूम नहीं था कि दौड़ते-दौड़ते उसकी आँखें बन्द हो हो गई हैं, वह बेहोशी में दौड़ रहा है–एक ऐसी दौड़, जो कहीं नहीं पहुँचाती। वह मुश्किल से पचास क़दमों की दूरी तै कर पाया, फिर लड़खड़ाया और गिर पड़ा।

अब हाई एंगल से एक शॉट। कैमरा बहुत ऊँचाई से ज़मीन के दृश्य पर एक गोल दायरे में घूमता हुआ नीचे आता है। पहले सीमा के इस पार वाले लड़के दिखाई देते हैं जो पहले आग के लिए एक-दूसरे से लड़ रहे थे और अब ठंड से बचने के लिए एक-दूसरे की बाँहों में बाँहें डालकर एक-दूसरे के जिस्मों की गर्मी हासिल करने के लिए आपस में एकजुट हो गए थे। उधर हिमस्खलन से फिसलकर आई बर्फ़ की ढेर के पास एक ढलान के आख़िरी छोर पर सीमा पार से आए वे लड़के दिखाई देते हैं, जो ढलान से फिसलकर और लुढ़कते हुए नीचे आने के बाद एक-दूसरे पर ढेर हो गए थे।

अब आर्मी का एक हेलीकाप्टर ज़मीन पर उतरता है। सीमा पार से आए

लड़कों ने बहुत मुश्किल से खड़े होकर अपने हाथ उठाए लेकिन वे ज़्यादा देर खड़े नहीं रह पाए अब उनके पाँव पूरी तरह से सुन्न हो चुके थे। वे वापस लुढ़क गए और रेसक्यू टीम के जवानों ने उन्हें उठाकर हेलीकाप्टर में ले जाना शुरू कर दिया। उस दल के लड़कों को उठाने के बाद हेलीकाप्टर फिर से ज़मीन से ऊपर उठा और उस दिशा में बढ़ा जहाँ दूसरे दल के लड़के थे। वहाँ भी लड़कों का वही हाल था। वे भी खड़े हो सकने की हालत में नहीं थे, उन्हें भी उठाकर हेलीकाप्टर में लादा गया और फिर हेलीकाप्टर कैम्प की दिशा में बढ़ गया।

आर्मी के उसी कैम्प में दृश्य खुलता है। हॉस्पिटल के इमरजेंसी वार्ड में क़तारबद्ध चारपाइयों पर लेटे सत्रह लड़के दिखाई देते हैं। फिर कैमरा जूम करता है और तब उनके जिस्म का बाक़ी हिस्सा नहीं, सिर्फ़ उनकी टाँगें दिखाई देती हैं जो आइस बार्निंग और शीतदंश की शिकार हो गई थीं। किसी का पाँव टखने तक, किसी का पिंडली तक तो किसी का घुटने तक काला पड़ गया था। दो लड़कों के तो दोनों पाँव प्रभावित हुए थे। उनमें से एक सीमा पार का लीडर था ओर दूसरा सीमा के इस तरफ़ का वह लम्बा लड़का जिसने वायरलेस से दुर्घटना की जानकारी दी थी। डाक्टरों का एक दल जाँच करने में जुटा हुआ था। वे उन टाँगों में सफ़ेद और काले हिस्से के बीच मार्किंग कर रहे थे और लड़कों का नाम पूछ-पूछकर उनके पाँव के काले हिस्सों पर वाइटनर पेन से उनका नाम लिखते जा रहे थे।

फिर पहले नम्बर के लड़के को स्ट्रेचर पर लादकर ऑपरेशन थियेटर में ले जाया गया, जिसकी दोनों टाँगें काली पड़ गई थीं। दूसरे सब लड़के टकटकी लगाए ऑपरेशन थियेटर के दरवाज़े को देख रहे थे।

कुछ देर बाद दरवाज़ा खुला, स्ट्रेचर वापस वार्ड में आता है, स्ट्रेचर पर सोए लड़के की बाईं टाँग घुटने के नीचे से और दाईं टाँग टखने के ऊपर से काटी गई थी। चारपाई पर लेटे लड़कों ने अपनी नज़र के सामने से उसे गुज़रते हुए देखा और अपनी आँखें बन्द कर लीं।

अब ऑपरेशन थियेटर के दरवाज़े पर कैमरा स्थिर है। स्लोमोशन में एक के बाद एक नियमित अन्तराल से स्ट्रेचर अन्दर ले जाए जाते हैं, और कटी हुई टाँग के साथ लड़कों को वापस लाया जाता है।

इस लम्बे स्लो मोशन के बाद कैमरा वार्ड में चारपाई पर पड़े लड़कों के चेहरों पर धीमी गति से ट्रैक करता है। सबके चेहरों पर एक समान ख़ामोशी और बेहिसी छाई हुई है। कट।

दूसरे दिन सुबह हॉस्पिटल के अहाते में गाँव से आए परिजनों का हुजूम खड़ा दिखाई देता है। वे कुछ ऐसे अन्दाज़ में बाँहों में मुट्ठियाँ डाले खड़े थे, जैसे बेसब्री से किसी चीज़ का इन्तज़ार कर रहे हों, जैसे उनके बीच कोई बहुत ज़रूरी चीज़ बाँटी जानेवाली हो। कुछ देर बाद ऑपरेशन थियेटर का दरवाज़ा खुलता है और कटी हुई टाँगों से भरे दो स्ट्रेचर बाहर आते है।

जब स्ट्रेचर अहाते में आए तो भीड़ एक सामूहिक सिहरन से सिहर उठी और एक दबा-घुटा सीत्कार भी सुनाई दिया, जिसमें सदमे और ख़ौफ़ का मिला-जुला असर था।

और उसके बाद स्ट्रेचर से टाँगें उठा-उठाकर उस पर लिखे नाम पढ़े जाने लगे और सम्बन्धित परिजनों को उनकी औलादों की टाँगें बाँटी जाने लगीं। एक के बाद एक उन लड़कों के बाप आगे आते जा रहे थे और अपने बच्चे की टाँग दोनों हाथों में लेकर पीछे हटते जा रहे थे। उनमें से दो बाप ऐसे भी थे, जिन्हें अपने बच्चों की जुड़वाँ टाँगें हासिल हुईं। वे सब उन टाँगों को ऐसे सँभाले हुए थे, जैसे उन्होंने अपनी जीती-जागती औलादों को बाँहों में उठा रखा हो। कट।

फिर से उसी गाँव की उसी सड़क का दृश्य। बीएसएफ की उस सड़क पर दूर से एक हुजूम चला आ रहा है। कुछ देर दूर से आती उनके जूतों की आवाज़ सुनाई देती रही फिर क्लोज शॉट में अपनी औलादों की कटी टाँगें बाँहों में थामे

पिताओं को हम गाँव की तरफ़ बढ़ते देखते हैं। वे गाँववालों की भीड़ के क़रीब आते हैं तो भीड़ उन्हें रास्ता देती हुई दो भागों में बँट जाती है और वे उस रास्ते पर आगे बढ़ते हुए मस्जिद तक चले जाते हैं। कट।

मस्जिद के अहाते में एक लाइन में रखी गई टाँगों के आगे एक मौलवी खड़े हैं। आस-पास घेरा बनाकर खड़े लोग दोनों हाथ नाफ़ के पास बाँधे कुछ देर तक मौन रहे फिर सबने हाथ उठाकर दुआ पढ़ी और दुआ ख़त्म होते ही पिताओं ने अपनी औलादों की टाँगें उठा लीं और वे सब मस्जिद से निकलकर क़ब्रिस्तान की तरफ़ जाने लगे।

एक बहुत लम्बी ख़ुदी हुई क़ब्र में एक लाइन से उन टाँगों को रखा जाता है। अब उन टाँगों के बीच दो देशों की अलग-अलग पहचान नहीं थी, सबको समान रूप से इज़्ज़त के साथ दफनाया गया और एक ही गाँव के उन सब जवानों के लिए दुआ पढ़ी गई, जिन्हें दो देशों की सियासती रंजिश के कारण अपनी टाँगें क़ुर्बान करनी पड़ी थीं।

फ़िल्म के आख़िरी दृश्य की धुँधली तसवीर धीरे-धीरे डायरेक्टर महोदय की स्मृतियों से भी विलीन होती है और वे अतीत से बाहर आकर नीले आकाश में फैले सितारों को देखने लगे। आसमान के दाएँ छोर पर चाँद भी उभर आया था। वह पूरे चाँद की रात थी और चाँदनी भी पूरे आबो-ताब से चमक रही थी। वे टकटकी लगाए उस चमकते चाँद को देखते रहे जिसे अपने आग़ोश में लेने के लिए एक काला बादल धीरे-धीरे उसकी तरफ़ बढ़ रहा था।

कुछ देर बाद उन्हें अपने कन्धे पर हल्का-सा स्पर्श महसूस हुआ और बिना मुड़े, बिना देखे वे यह जान गए कि इतना आत्मीय स्पर्श किसका हो सकता है। उन्होंने अपना बायाँ गाल उस हाथ पर धीरे से टिका दिया और फिर उनकी आँखें ख़ुद-ब-ख़ुद बन्द हो गईं।

डिकोस्टा उनकी व्हील चेयर के पीछे खड़ा था। उसका बायाँ हाथ उनके बाएँ कन्धे पर था और उस हाथ पर उनका गाल टिका हुआ था। वह दाएँ हाथ

से उनके सिर को सहलाने लगा, "आज स्टूडियो वाले मुक़दमे का फ़ैसला था... उन लोगों ने अपनी हर चीज़ दाँव पर लगा दी थी और किसी को यह उम्मीद नहीं थी कि फ़ैसला हमारे पक्ष में होगा लेकिन जज ने हाईकोर्ट के फ़ैसले को अचानक पलट दिया। जब फ़ैसला आया तो आपके परिवारवाले ग़ुस्से से पैर पटकने लगे, कोर्ट की बैंच पर मुट्ठियाँ मारने लगे और मैं अपने आँसुओं को रोक नहीं पाया... ये मेरी ज़िन्दगी की सबसे बड़ी ख़ुशी है... अब हम फिर से स्टूडियो में जाएँगे... फिर नया सेट लगाएँगे और आपकी अधूरी फ़िल्म को फिर से आगे बढ़ाएँगे... मैंने डिफ़ेंस मिनिस्ट्री से भी रिशूट की परमिशन ले ली है, हमें उनकी गाइड लाइन के अनुसार इंडियन आर्मी की कंट्रोवर्सी को हटाकर सिर्फ़ पाकिस्तान के टेरेरिज़्म को क्रिटिसाइज करना पड़ेगा और नेशनलिज़्म का थोड़ा-सा टच देना पड़ेगा बस... फिर बात बन जाएगी...। हमने अपनी ज़िन्दगी के सिर्फ़ पन्द्रह साल खोए हैं, फ़िल्म बनाने की ताक़त नहीं खोई है..." जोश और उमंग से भरी डिकोस्टा की आवाज़ और ऊँची उठ गई, "कई सालों बाद ये मौक़ा आया है... आज की रात हम जश्न मनाएँगे।"

उसने डायरेक्टर के कन्धे से अपना हाथ हटाया और कुर्सी के हैंडलों को घुमाकर कुर्सी को ड्राइंगरूम की तरफ़ मोड़ दिया, मगर अगले ही पल डायरेक्टर का जिस्म बेकाबू होकर कुर्सी के बाएँ हत्थे पर झुक गया... डिकोस्टा मुँह पर हाथ देकर हैरत और ख़ौफ़ भरी नज़रों से उन्हें देखता रह गया और उधर बैकग्राउंड में काले बादल ने चाँद को अपने आग़ोश में ले लिया।

बेबी संजना की मुस्कराहट

काम ख़त्म होने के बाद संजना और अभिजीत सेट से बाहर निकले और कैब में बैठ गए। वे शूटिंग के तीनों शेड्यूल निपटा चुके थे। सुबह छह बजे से रात दस बजे तक लगातार काम करने का नतीजा यह था कि दोनों इतने थक गए थे कि एक-दूसरे से बात करने की ताक़त भी उनमें नहीं बची थी। वे पिछली सीट पर बेजान से पसरे पड़े थे। जब आधा फ़ासला तै हो गया, तो संजना को होश आया, ख़ुद को थोड़ा सँभालते हुए वह सीट पर सीधी बैठ गई और अपने हैंडबैग को सँभालने लगी। उसने अपने हैंडबैग से पहले एक पैड निकालकर अपनी गोद में रखा फिर अपने दोनों हाथों से उसने अपने बालों को सँवारा फिर उन्हें समेटकर क्लचर लगा दिया।

"अब हमें सीरियसली यह सोचना पड़ेगा, कि इस मामले को कैसे ख़त्म किया जाए।"

अभिजीत ने संजना की गोद में पड़े स्पंज से बनाए गए उस पैड को सहलाते हुए कहा, "आख़िर हम कब तक इस पैड के सहारे उन्हें बेवकूफ़ बनाते रहेंगे?"

वह एक ऐसा पैड था, जो बाज़ार में नहीं मिलता, फ़िल्मवाले अपनी फौरी ज़रूरतों के लिए ऐसी कई चीज़ों का ईजाद करते रहते हैं। यह पैड भी फ़िल्म के क्राफ्ट आर्टिस्ट की एक ऐसी ईजाद थी, जिसे केवल तब इस्तेमाल में लाया

जाता था, जब किसी अभिनेत्री को गर्भवती स्त्री का रोल अदा करना हो।

"तुम्हारे इस होनेवाले बच्चे की असलियत अगर रावत साहब को मालूम हो गई तो..."

"तुम ये मत भूलो कि ये बच्चा सिर्फ़ मेरा नहीं है।" संजना ने तीखे लहज़े में कहा, "इस मामले के ज़िम्मेदार मुझसे ज़्यादा तुम हो...तुमने झूठ बोलकर मुझे फँसा दिया है।"

"संजना! तुम जानती हो कि मुझे क्यों झूठ बोलना पड़ा। हम तीन महीने से रूम का किराया नहीं दे पाए थे, रावत साहब की हमदर्दी हासिल करने के लिए मुझे यह झूठ बोलना पड़ा कि तुम प्रेग्नेंट हो।"

"लेकिन अब मैं तंग आ चुकी हूँ...। आख़िर कब तक मैं एक्टिंग करती रहूँगी, अगर मैं सचमुच माँ बननेवाली होती तो शायद इतनी परेशान न होती, जितनी अभी इस नकली और दिखावटी प्रेग्नेंसी से परेशान हूँ।"

अभिजीत ने अपना दायाँ हाथ संजना के बाएँ हाथ पर रखा और एक गहरी साँस ली, "मैंने पहले ही कहा था कि तुम मिसकैरेज के बहाने सात आठ दिनों की छुट्टी ले लो लेकिन तुम नहीं मानीं। अगर शुरुआत में ही मिस कैरेज हो जाता तो बात इतनी आगे नहीं बढ़ती।"

"अगर मैं छुट्टी लेती तो मेरे काम से भी मेरी छुट्टी हो जाती, तुम जानते हो कि प्रॉडक्शन से जुड़े लोग कितने प्रोफ़ेशनल होते हैं।"

अभिजीत ने सहमति में सिर हिलाया और थोड़ा नज़दीक आकर उसके हाथ को अपने दोनों हाथों में ले लिया, "अगर तुम्हें अपने भाई के एडमिशन के लिए एक बड़ी रकम की ज़रूरत न होती, तो शायद तुम मेरी बात मान जातीं।"

संजना ने मुँह फेरकर अभिजीत की तरफ़ देखा, कुछ देर चुप रही, फिर उसने भी अपना दायाँ हाथ अभिजीत के हाथों पर रख दिया, "अगर तुमने उस समय मेरी हेल्प न की होती, तो एडमिशन न हो पाता।"

"अगर तुमने भी हॉस्पिटल जाकर एडवांस डिपॉज़िट नहीं किया होता तो मेरे पापा का ऑपरेशन न हो पाता।"

संजना ने चेहरा झुका लिया। दोनों यह जानते थे, कि इन आकस्मिक और

अनिवार्य ज़रूरतों के कारण वे तीन महीने तक रूम का किराया नहीं दे पाए थे।

अभिजीत ने कुछ देर बाद एक लम्बी साँस छोड़ते हुए कहा, "ख़ैर, छोड़ो पिछली बातों को जो हुआ सो हुआ अब आगे की सोचो।"

संजना की दाईं आँख के पास हल्की-सी नमी उभर आई। अपनी तर्जनी से उसे पोंछने के बाद उसने एक बार फिर खिड़की की तरफ़ मुँह फेर लिया, "मुझे डर सिर्फ़ इस बात का है, कि सच जानने के बाद कहीं रावत साहब को शॉक न लग जाए। उन्होंने तो अभी से पालना मँगवाकर रख लिया है और ढेर सारे टॉयज़ भी, वे यूट्यूब से बेबी केयरिंग के टिप्स भी डाउनलोड करते रहते हैं, कह रहे थे कि तुम लोग अपने काम पर ध्यान देना, बच्चे को मैं सँभाल लूँगा।"

"दरअसल हम दोनों को ज़रा भी यह एहसास नहीं था कि रावत साहब इतने सेंसिटिव हैं। जिस दिन से उन्हें मालूम पड़ा है, कि तुम प्रेग्नेंट हो उस दिन से उनका दिमाग़ एक आई.सी.यू. में बदल गया है।"

"हाँ! बिलकुल सही बात है, हमारी इतनी फ़िक्र तो हमारे सगे माँ-बाप भी नहीं करते, जितनी रावत साहब करते हैं।"

रास्ते भर दोनों इसी उलझन में थे कि अब क्या किया जाए। जिस पैड के सहारे वे रावत साहब के सामने प्रेग्नेंसी को 'शो' करते हुए उनसे अतिरिक्त सहानुभूति हासिल कर रहे थे, उस सहानुभूति के क़र्ज़ का बोझ अब उनके लिए असहनीय हो गया था।

घर पहुँचने से पहले संजना ने अपनी ढीली-ढाली कुर्ती का निचला सिरा ऊपर उठाकर पैड अपने पेट पर रखा और हाथ पीछे डालकर स्ट्रेप को एक हुक के सहारे एक-दूसरे से जोड़ दिया, अब वह हर रोज़ कि तरह फिर से गर्भवती हो गई।

दो साल पहले उन दोनों ने रावत साहब के टू बी.एच.के. के फ़्लैट का एक रूम बतौर पेइंग गेस्ट किराए से लिया था, तब वे मुम्बई में अपने पाँव थोड़े-थोड़े जमा चुके थे। यहाँ तक पहुँचने से पहले उन्होंने बिहार के अपने क़स्बों से निकलकर पटना में कुछ साल गुज़ारे थे।

पटना की सरगर्मियों और बहुआयामी सांस्कृतिक गतिविधियों ने उनकी प्रतिभा को निखारने में एक अहम भूमिका निभाई थी। यही वजह है कि मुम्बई के एक्टिंग स्कूलों से निकले चिकने-चुपड़े सॉफ्ट बिगनर्स की तुलना में वे बेहतर साबित हुए थे, उनके अनुभव बहुत टफ और खुरदरे थे। उनके हर ऑडिशन में उनका 'लोक' उनके साथ शामिल रहता था और साथ ही वह सामाजिक चेतना और दृष्टि भी जो उन्होंने पटना के नाट्य आन्दोलनों से अर्जित की थी।

दो-तीन साल के संघर्षों के बाद दोनों को एक साथ एक ही धारावाहिक में काम करने का मौक़ा मिल गया था। अनुबन्ध से मिलनेवाली रकम इतनी ज़्यादा नहीं थी कि वे एक फ़्लैट किराए से ले पाते, लेकिन आमदनी इतनी कम भी नहीं थी कि उन्हें दस-दस स्ट्रगलरों के साथ एक ही डॉरमेट्री में रहना पड़े।

बजट और सुविधा दोनों चीज़ों का ध्यान रखते हुए दोनों ने पार्टनरशिप में रावत साहब के फ़्लैट का एक रूम किराए पर ले लिया। रावत साहब कुँवारे स्ट्रगलरों को रूम देने के बजाय शादीशुदा जोड़े को प्राथमिकता देते थे। लेकिन जिस ब्रोकर ने उन्हें यह रूम दिलाया था, उसका नाम राजू टोपी उर्फ बोलवचन था। गंजेपन के कारण वह हमेशा टोपी पहने रहता था, और दलाल होने के कारण झूठ बोलने और टोपी पहनाने में माहिर था। उसने बिना कोई प्रूफ दिए बातों-बातों में रावत साहब को कनविन्स कर दिया था कि वे दोनों पति-पत्नी हैं।

मामला पहले जितना सरल दिखाई दे रहा था, बाद में उतना ही उलझता चला गया। उन्हें लगा था कि रावत साहब भी किसी ऐसे ही मकान मालिक जैसे होंगे, जो सिर्फ़ किराए के अलावा किसी दूसरी चीज़ से मतलब नहीं रखते, लेकिन बाद में मालूम पड़ा कि वे किराए को छोड़कर हर ऐसी चीज़ से मतलब रखते थे, जो मानवीय सम्बन्धों से जुड़ी हों।

वे सबसे सलाम-दुआ रखते थे। बहुत ख़ुशमिज़ाज और उत्साही थे, आगे बढ़कर हर तरह की ज़िम्मेदारी उठा लेते थे और ज़रूरत पड़ने पर उतने ही अधिकार से सब को डाँट-डपट देते थे, वे हालाँकि थोड़े भुल्लकड़ थे और

उन्हें सुनाई भी कम देता था लेकिन अपनी याददाश्त और अपने कानों पर भरोसा करने के बजाय वे अपने दिल पर भरोसा करते थे। उनका दिल हालाँकि कई तरह की भावनात्मक मूर्खताओं से भरा रहता था लेकिन फिर भी वे अपने आस-पास के लोगों के आपसी सम्बन्धों की जटिल से जटिल समस्याओं को चुटकियों में सुलझा लेते थे। दरअसल उनकी मूल प्रवृत्ति ही कुछ ऐसी थी, कि वे हमेशा उस जगह मौजूद रहते थे, जहाँ कुछ हो रहा हो और अगर कहीं कुछ नहीं हो रहा होता तो वहाँ उनके पहुँचते ही ख़ुद-ब-ख़ुद एक मीठी हलचल शुरू हो जाती थी। वे उन लोगों से एक तरह का जज़्बाती रिश्ता बना लेते थे, जिनके अन्दर से समय के तेज़ बदलाव ने प्रेम, उम्मीद और भविष्य के सपनों को छीन लिया था। हालाँकि वे ख़ुद जानते ही नहीं थे कि दुनिया कितनी बदल गई है। वे तो सिर्फ़ अपनी धुन में रहते थे किसी कलन्दर की तरह, जो अपनी सहज वृत्तियों से अपने आस-पास के तमाम ताम-झाम और उलटफेर को जज़्ब कर लेता है और उसके अन्दर की मथानी उन सब चीज़ों को मथकर एक नया रूप दे देती है।

उस फ़्लैट स्कीम के अन्य बूढ़ों की तरह उन्हें कभी किसी ने धार्मिक सत्संग में श्रद्धा भाव से आँख मूँदकर भजन-कीर्तन करते या किसी योगा क्लास में अनुलोम-विलोम करते या किसी लाफ्टर क्लब में कहकहे लगाते नहीं देखा। न! वे ऐसी किसी भी आदर्श जगह पर कभी नहीं दिखाई नहीं देते थे। हाँ! पान और चाय की टपरी पर वे गप मारते हुए दिखाई दे सकते थे। पंचर बनानेवाले, सब्ज़ी बेचनेवाले, आस-पास के बिल्डिंगों के चौकीदार, अख़बार के हॉकर, फेरीवाले, कुल्फ़ी बेचनेवाले और आस-पड़ोस के बच्चे; ये सब उनके सोहबती थे।

बात अगर ख़ून के रिश्तों की की जाए, तो उस मामले में वे बिलकुल अकेले थे। उनकी पत्नी का दस साल पहले निधन हो गया था और दोनों बेटे विदेश में सेटल हो गए थे। इन महानगरीय केन्द्रों में ऐसे बहुत-से बुजुर्ग अकेले रह गए हैं, जिनकी सन्तानें अब प्रवासी हो गई हैं, लेकिन उनकी जगह दूर-दराज के क़स्बों से आनेवाली नई पीढ़ी ने ले ली। जितने युवा हर साल बड़े

शहरों से विदेश चले जाते हैं उतने ही युवा क़स्बों से महानगरों में आ जाते हैं। न तो अकेले पड़ गए बुज़ुर्ग यह जानते हैं और न अपने मूल स्थानों से उखड़कर आनेवाले युवा, कि समय की इस रेलमपेल ने उन दोनों को एक-दूसरे का पूरक बना दिया है। अपने बच्चों से बिछुड़े बुज़ुर्गों को किसी भावनात्मक सहारे की जितनी ज़रूरत होती हैं, उतनी ही संघर्षशील युवाओं को किसी बड़े बुज़ुर्ग के सान्निध्य की; यह तालमेल बनना अपने आप शुरू हो गया था। कुछ ज़रूरतें अपना रास्ता ख़ुद बना लेती हैं। यह जीवन का एक उत्तर-आधुनिक राग था, जिसका एक सकारात्मक पहलू भी था।

लेकिन बहुत से पाश्चात्य विशेषज्ञों ने यह घोषणा कर दी थी कि अब इन नई आर्थिक परिस्थितियों के कारण जीवन का पारस्परिक तालमेल नष्ट हो जाएगा और सारे मूल्य भी नष्ट हो जाएँगे। उन विशेषज्ञों का असर जन-जीवन में उतना नहीं था लेकिन टेलीविज़न पर चलने वाले धारावाहिकों में जिस महानगरीय जीवन को प्रचारित किया जा रहा था, वह जीवन बिलकुल संवेदनहीन और अमानवीय था। सिर्फ़ धारावाहिकों में ही नहीं बल्कि रियलिटी शो में भी जो प्रायोजित क़िस्म की नकली रियलिटी दिखाई जा रही थी, वह भी किसी तरह के सत्य को सामने लाने के बजाय टी.आर.पी. की क्रूर शर्तों को पूरी करने के लिए दिखाई जाती थी।

कुटिलता जीवन में उतनी नहीं थी, जितनी टी.आर.पी. के नियामकों के दिमाग़ में। वे कोई और जीवन मूल्य स्थापित करना चाहते थे, क्यों? यह किसी को नहीं मालूम। कुछ बातें ऐसी होती हैं, जिनका जवाब हमारे मौजूदा वक़्त के पास नहीं होता। उसके लिए आनेवाले वक़्त का इन्तज़ार करना पड़ता है।

जिस धारावाहिक में अभिजीत और संजना काम कर रहे थे, उसमें प्रेम और मानवीय सम्बन्धों को बाज़ारू बना देने की मनोवृत्ति पूरी तरह से हावी थी, उसमें ऐसे चरित्रों की भरमार थी, जो झूठ, चालाकी, पाखंड, और कुटिलता से भरे थे। वे बेहद मतलबी, अवसरवादी, धूर्त और तिकड़मी थे और अपने स्वार्थ के लिए किसी भी हद तक जा सकते थे।

संजना और अभिजीत हालाँकि अपने क़स्बाई संस्कारों के कारण वैसे

नहीं थे लेकिन परिस्थितियों और भविष्य की भयानक अनिश्चतता के कारण वे भी सतर्क रहते थे। उन्हें डर लगा रहता था कि अगर वे अवसरों को खो देंगे, तो उन्हें प्रतिस्पर्धा से बाहर निकाल दिया जाएगा। अगर वे दूसरों के प्रति नरम रवैया अपनाएँगे, तो उनके लिए यह नुकसानदायक साबित होगा। इन सब कारणों से उनके आचरण में तत्परता और प्रखरता हावी होती जा रही थी। कई बार उन्हें प्रभावशाली लोगों को प्रभावित करने के लिए झुकना भी पड़ता था।

वे दिन-रात काम में लगे रहते थे। कभी किसी रियलिटी शो में, कभी टेलेंट हंट में, कभी डांस परफॉर्मेंस, कभी ऑडिशन, कभी धारावाहिक की शूटिंग, कभी फ़िल्मों में कोई साइड रोल। उनकी इस हाइपर एक्टिविटी ने कब उनकी भूख, नींद और सहजता को उनसे छीन लिया, यह उन्हें मालूम ही नहीं पड़ा। वे दिन-ब-दिन क्षीण और कान्तिहीन होते जा रहे थे। जिस ऊर्जा और तेवर के साथ वे यहाँ आए थे उसकी धार कम हो रही थी। वे उन लोक तत्त्वों की ताक़त को भी खोते जा रहे थे, जो शुरुआत में उनकी तासीर में शामिल थी। कुल मिलाकर जो कुछ हो रहा था, वह उनकी प्रकृति के अनुकूल नहीं था।

लेकिन जैसा कि हमेशा होता आया है, समय का बदलाव हमारे साथ चाहे जितनी ज़्यादतियाँ करे, पर कुछ ऐसे लचीले तत्त्व भी हमेशा मौजूद रहते हैं, जो मौजूदा हालत को हमारी मूल संवेदनाओं से जोड़े रखते हैं। उन दोनों के साथ सबसे अच्छी बात यह थी कि रावत साहब उनके साथ थे।

रावत साहब को उन दोनों की यह रूटीन पसन्द नहीं थी। संजना को इस हालत में भाग-दौड़ बिलकुल नहीं करनी चाहिए। वे उसे ख़ुश और सेहतमन्द रखने के वे सभी प्रयास करते रहते थे, जो 'गर्भावस्था' के दौरान बहुत ज़रूरी होते हैं। सुबह जब संजना अपने बेडरूम से बाहर आती, रावत साहब एक हाथ में ताज़ा फूल और दूसरे हाथ में जूस का गिलास लिए उसके सामने खड़े दिखाई देते। ड्राइंगरूम में उनके म्यूज़िक सिस्टम में टाइम्स म्यूज़िक द्वारा रिकॉर्ड किया गया कोई मधुर ट्रैक चलता रहता था। एलिमेंट्स सिरीज़ से विंड्स, वॉटर, अर्थ या स्पेस और रिलैक्सेशन या मेडिटेशन सीरीज़ से कोई और संगीत; वे उसे रोज़ नई धुन सुनाते थे, नए दिन की शुरुआत

सुगन्धित, स्वादिष्ट, कर्णप्रिय और सूदिंग होनी चाहिए। जब संजना अपना हैंडबैग उठाकर बाहर जाने के लिए तैयार हो जाती, तो वे उसे अपनी बाँह के कोमल घेरे में लेकर चूम लेते। फिर वे अभिजीत को तरह-तरह की हिदायतें देने लगते और कई बार उसे डाँट भी देते, बेवकूफ़ और गधे जैसे सम्बोधन अब अभिजीत के लिए आम हो गए थे।

उन तीनों के सम्बन्धों में जो प्रगाढ़ता और पारदर्शिता थी, वह यूँ ही नहीं चली आई थी। ये सम्बन्ध मध्यम आँच में पके थे। ये बने बनाए ख़ून के रिश्ते नहीं थे, बनते-बनते बने रिश्ते थे।

शुरुआत में जब वे इस फ़्लैट में रहने आए थे तब वह फ़्लैट सिर्फ़ फ़्लैट था, उसमें किसी 'घर' जैसी फीलिंग नहीं थी। उस फ़्लैट का ड्राइंगरूम कॉमन था और किचन भी कॉमन था, लेकिन किचन का उपयोग दो भागो में बँटा हुआ था। बाईं तरफ़ की जगह सेल्फ ओनर की थी, जिसमें रावत साहब के बर्तन और क्रॉकरी रखी जाती थी। दाईं तरफ़ की सेल्फ पी.जी. के लिए आरक्षित थी। किचन प्लेटफॉर्म के नीचे मॉडुलर ट्रॉलियाँ थीं–बाईं तरफ़ की ट्रॉलियों में ओनर का राशन रखा जाता था, दाईं तरफ़ पी.जी. के लिए राशन रखने की व्यवस्था थी। बीच की ट्रॉली में पार्टीशन था, जिसमें चम्मचें, छुरियाँ, सलाइज़र, पोर्क, रोटी पकाने के चिमटे और तमाम तरह के किचन टूल्स रखे जाते थे। आधे इधर, आधे उधर, आधे इनके, आधे उनके। फ्रिज के ऊपरवाले दो सेल्फ़ ओनर के थे और नीचे वाले पी.जी. के। डाइनिंग टेबल का इस्तेमाल भी आधे-आधे में बँटा हुआ था। इस व्यवस्था में हालाँकि सब कुछ सेपरेट था और कभी किसी की प्राइवेसी में कोई दख़लन्दाज़ी नहीं होती थी लेकिन उन्हें मालूम नहीं था कि निर्जीव चीज़ों की भी अपनी चाल होती है, वे इधर-उधर होती रहती हैं, चीज़ें आपस में कोई भेद-भाव नहीं करतीं। उनमें यह बोध ही नहीं होता कि एक-दूसरे से अलग कैसे रहा जा सकता है।

लिहाज़ा सबसे पहले कुछ हमशक्ल चम्मचें आपस में घुल-मिल गईं फिर कुछ एक जैसे रूपाकार वाले कप, प्लेटें और गिलास आपस में मिल गए फिर कुछ मसाले की डिब्बियाँ अपना पता भूल बैठीं।

जब इतनी सारी चीज़ें इधर-उधर हो रही थीं, तो बेलन और चिमटे भी क्यों अपनी जगह पड़े रहते? कुछ दिनों बाद तो राशन की ट्रॉलियों में भी अफ़रातफ़री मच गई। आटा-चावल और तरह-तरह की दालों और बड़ियों के जार भी इधर-उधर होने लगे। जिसके हाथ में जो आया वही चूल्हे पर चढ़ा दिया जाता, और तीन थालियों में परोस दिया जाता। नमकदानियों का तो ये हाल था कि उन्हें ख़ुद भी ये मालूम नहीं था कि वे किसकी हैं। जो लोग घर-गृहस्थी के बारे में कुछ जानते हैं उन्हें यह अच्छे से मालूम होता है कि नमक कभी किसी का नहीं होता। लोग अकसर एक-दूसरे पर यह इल्जाम लगाते रहते हैं कि 'तुम नमकहराम हों।' लेकिन लोग यह नहीं जानते कि नमक ख़ुद कितना नमकहराम होता है।

बहरहाल उस 'नमकहराम नमक' का और आपस में मिली-जुली मनमौजी चीज़ों का असर कुछ ऐसा हुआ कि वह फ़्लैट एक मुकम्मल घर में बदल गया और घर में रहनेवाले उन तीनों का स्वभाव, उनकी आदतें, रहन-सहन और खान-पान भी आपस में घुल-मिल गए, और जब इतना सब आपस में गड-मड हो गया हो, तो किसी भी तरह का कोई 'हिसाब' कैसे सम्भव हो सकता था?

पहले तो किराए की निर्धारित तारीख़ ही सब भूल गए, फिर किराया शब्द का इस्तेमाल होना भी बन्द हो गया। रावत साहब को अच्छी-ख़ासी पेंशन मिलती थी उनके दोनों बेटे भी उनके खाते में अच्छी-ख़ासी रक़म भेज दिया करते थे। संजना और अभिजीत के पास भी अब काम की और पैसों की कमी नहीं थी लेकिन मुश्किल ये थी कि उन तीनों की फ़िज़ूलख़र्ची के कारण घर कबाड़खाने में बदल गया था। उन तीनों को ख़र्च करना तो आता था लेकिन कोई हिसाब करना नहीं आता था। इधर-उधर हर तरफ़ पसारे फैलाना तो आता था, समेटना नहीं आता था। हालाँकि वे आलसी या ग़ैरज़िम्मेदार नहीं थे लेकिन घरेलू काम के तौर-तरीक़े और रख-रखाव के गुण किसी में नहीं थे।

उस घर में जो मेड काम करने आती थी वह भी किसी से कम नहीं थी। उसे काम करना कम आता था, काम करवाना ज़्यादा आता था। वह हमेशा आदेश-निर्देश देती रहती थी–ऐसा करो, वैसा करो, इस चीज़ को यहाँ रखो,

उस चीज़ को वहाँ रखो, कोई भी खाने-पीने की चीज़ फेंकने में नहीं जानी चाहिए वरना मैं ऐसा कर दूँगी, वरना मैं वैसा कर दूँगी...।

बेचारे तीनों हमेशा उससे डरे-सहमे रहते थे क्योंकि सिर्फ़ वही थी, जो यह जानती थी कि घर कैसे चलता है। उस घर को चलाने के चक्कर में वह भी यह भूल गई थी कि उसकी पगार की तारीख़ कौन-सी है और कितनी पगार ठहराई गई थी।

कुल मिलाकर यह एक ऐसी स्वत:स्फूर्त गृहस्थी बन गई थी, जो न किसी रिश्ते-नाते से बँधी थी न किसी नियम-क़ायदे से।

रावत साहब जितने सुरुचि-सम्पन्न थे उतने ही फक्कड़ और भुलक्कड़ भी थे। संजना जितनी प्यारी, चंचल और शरारती थी, उतनी ही बेवकूफ़ भी और अभिजीत जितना वाक् पटु और होशियार था उतना ही सनकी भी।

भुलक्कड़पन, बेवकूफ़ी और सनक इन तीन प्रमुख चीज़ों से बनी 'खिचड़ी' उस गृहस्थी का मूल आधार थी।

खान-पान, रहन-सहन, अच्छी-बुरी आदतें और स्वभाव की विविधता के मामले तो ख़ैर जैसे-तैसे सँभल जाते थे और बिना किसी बाधा के यह गृहस्थी चल ही रही थी लेकिन असली समस्या थी संजना की प्रेग्नेंसी और उससे जुड़ी रावत साहब की भावनाएँ।

आनेवाले नए मेहमान की किलकारियाँ और उसकी बाल-लीलाओं के दृश्य उनकी कल्पना में स्थायित्व पा चुके थे। एक तरफ़ तो उन्होंने यथार्थ से आँखें मूँद ली थीं और दूसरी तरफ़ उनकी आँखों में नव-जीवन के सुखद-सुन्दर क्षण झिलमिलाते रहते थे। ये उनकी आत्मा की आँखें थीं, जो भविष्य के सुन्दर स्वप्न देख रही थीं। उन्होंने अपने प्रवासी बेटों और अपने पोतों को भी यह बता रखा था कि हमारे घर में एक नया मेहमान आ रहा है। अपने पोतों के साथ वीडियो कॉलिंग के दौरान वे उन्हें चिढ़ाने के लिए उन सब खिलौनों का लाइव प्रदर्शन करते थे, जिसे वे आनेवाले बच्चे के लिए जमा कर रहे थे। उनके पोते बहुत उत्साहित थे, वे उन्हें व्हाट्सएप पर नन्हे बच्चों की शरारतों और उनकी मासूम मुस्कराहटों के वीडियो भेजते रहते थे। रावत साहब तुरन्त ऐसे वीडियो

संजना को फारवर्ड कर देते थे जवाब में संजना भी उन्हें स्माइली भेज देती थी, लेकिन उसके चेहरे पर मुस्कराहट के बजाए एक नर्वस आकुलता उमड़ आती थी, और कई बार वह अपने आँसुओं को रोक नहीं पाती थी।

इमोजी बनानेवालों ने आज तक यह नहीं सोचा होगा कि एक उदास और रोता हुआ इनसान जब स्माइली का इस्तेमाल करेगा तब उसके चेहरे पर कैसे भाव आएँगे।

रावत साहब को संजना के उन भावों के बारे में कुछ मालूम नहीं था। उनकी तमाम सुखद कल्पनाएँ एक तरफ़ थी और सच्चाई एक तरफ़।

एक दिन घर पहुँचने से पहले संजना और अभिजीत ने निर्णय लिया कि आज इस सच्चाई को किसी भी हालत में उजागर कर ही देंगे, बाद में यह केस और क्रिटिकल हो जाएगा। आज नहीं तो कल उन्हें मालूम तो पड़ ही जाएगा, फिर क्यों न आज ही मामले को ख़त्म कर दिया जाए।

लेकिन जब वे घर पहुँचे, तो उन्होंने देखा, वहाँ अड़ोस-पड़ोस के कई बच्चे जमा थे। सिर्फ़ फ़्लैट में रहने वाले बच्चे ही नहीं सरवेंट क्वार्टर में रहनेवाले बच्चे भी मौजूद थे। ड्राइंगरूम कई तरह की रंग-बिरंगी झालरों और गुब्बारों से सजा था। डिजिटल लाइट इफेक्ट्स का भी इन्तज़ाम किया गया था। दीवार पर बड़े-बड़े अक्षरों में लिखा था—हैप्पी बर्थडे टू रावत अंकल।

सेंट्रल टेबल पर एक केक था जिसमें अंग्रेज़ी के अंकों के आकारवाली दो मोमबत्तियाँ गड़ी हुई थीं। एक मोमबत्ती 7 के आकार की थी दूसरी 0 के आकार की। कोई कह नहीं सकता था कि आज रावत साहब का सत्तरवाँ जन्मदिन है। वे कहीं से सत्तर साल के नहीं लगते थे। जैसे ही अभिजीत और संजना घर में दाख़िल हुए, बच्चे ख़ुशी से झूम उठे। उनके लिए यह सरप्राइज़ पार्टी थी। उन्हें अगर कुछ मालूम होता तो वे तैयारी के साथ आते। लेकिन अब कुछ नहीं किया जा सकता था। दोनों ने अपनी बाँहें फैला दीं। रावत साहब ने दोनों को एक साथ अपनी बाँहों में ले लिया। संजना ने अपना सिर रावत साहब के सीने पर रख दिया था। वह भावुक हो उठी थी। कुछ देर बाद उसने अपना चेहरा ऊपर उठाया, "हैप्पी बर्थडे माई डियर गॉड फादर...।"

"अरे! तुम रोते हुए बर्थडे विश करती हो? मुझे पहले मालूम होता तो मैं जन्मदिन ही नहीं मनाता।" रावत साहब ने उसका चेहरा अपने हाथों में ले लिया और अपने अँगूठों से उसके आँसू पोंछ दिए।

"बर्थडे आप नहीं मना रहे हो, अंकल बर्थडे हम मना रहे हैं..." बड़ी उम्र के एक लड़के ने ऊँची आवाज़ में कहा और सब बच्चे शोर मचाने लगे। फिर वे केक के इर्द-गिर्द घेरा बनाकर गाना गाने लगे। जन्मदिन की शुभकामनाओं का वह समूहगान जैसे ही पूरा हुआ तालियाँ बज उठीं। केक काटने के बाद उसकी मिठास उस उल्लास भरे वातावरण में फैल गई।

वे दोनों हालाँकि उस गहमागहमी में बराबर के शरीक थे, लेकिन अपनी डाँवाडोल मन:स्थिति के कारण वे माहौल में रम नहीं पा रहे थे। बच्चों ने संजना को घेर लिया। वे उससे उस डांस की फ़रमाइश करने लगे, जो उसने कुछ दिन पहले एक टेलीविजन शो में प्रस्तुत किया था। संजना कुछ देर हिचकिचाती रही लेकिन उसके चेहरे पर किसी तरह की नापसन्दगी या असहयोग का भाव नहीं था। वह रावत साहब के कारण संकोच कर रही थी। रावत साहब बच्चों को समझाते रह गए कि 'अभी संजना दीदी को परेशान मत करो, वह थक गई है, उसकी तबीयत भी अच्छी नहीं है' लेकिन तब तक म्यूज़िक सिस्टम में वह ट्रैक शुरू हो गया जिस पर संजना ने डांस किया था और उस कम्पटीशन का फर्स्ट प्राइज जीता था। बच्चों ने हल्ला मचाते हुए संजना को चारों तरफ़ से घेर लिया। अब बचने का कोई रास्ता नहीं था।

वह एक बहुत फ़ास्ट ट्रैक था और उसमे परफ़ॉर्मेंस के दौरान बहुत उछल-कूद करनी पड़ती थी, लेकिन संजना एहतियात बरतते हुए हल्के-फुल्के स्टेप्स ले रही थी, और ख़ुद कम नाचते हुए बच्चों को ज़्यादा नचाने की कोशिश कर रही थी। जिस बड़े लड़के ने माहौल खड़ा करने में सबसे अहम भूमिका निभाई थी, उसने अभिजीत और रावत साहब को भी खींचकर घेरे में ले लिया। कुछ तो उस धुन का असर था, और कुछ बच्चों की उमंग का, उस ट्रैक के चरम क्षणों में संजना के सारे एहतियात पीछे छूट गए। उसकी ये सबसे बड़ी कमज़ोरी थी कि एक बार किसी तरंग में पड़ जाने के बाद वह अपना

आपा खो बैठती थी। शोर, हलचल और जलती-बुझती रंग-बिरंगी रोशनियों की चकाचौंध में वह यह भूल गई कि उसने अपने पेट में एक पैड भी लगा रखा है और उस पैड के एक सिरे को दूसरे सिरे से जोड़े रखनेवाला हुक कुछ दिनों से ढीला पढ़ गया है। जिस धागे से उस हुक को टाँका गया था उसकी सीवन उधड़ गई थी और टाँका कभी भी टूट सकता था

और जब तक उसे इस बात का एहसास होता कि कुछ गड़बड़ हो गई है, तब तक बहुत देर हो चुकी थी। जिस गुप्त भेद को उसने इतनी कठिनाई से इतने दिनों से छुपा रखा था वह एक ही पल में सरेआम हो गया। बच्चे इस नए और हास्यास्पद अजूबे को देखकर पहले तो दंग रह गए फिर वे सब खिलखिलाकर हँस पड़े। संजना की नज़र जब उस चीज़ पर पड़ी, तो उसने दोनों हाथों से अपना चेहरा ढक लिया। उसकी इच्छा हुई कि धरती फट जाए और वो उसमे समा जाए। अब उसे उस चीज़ को छुपाने की नहीं ख़ुद को छुपाने की ज़रूरत थी। शर्म और अपराधबोध से वह पसीने से तर-बतर हो उठी। उसे लग रहा था जैसे सब के सामने उसके कपड़े उतर गए हों।

बच्चो की धींगा-मस्ती अभी तक जारी थी। वे उस मुलायम और गुदगुदी चीज़ को छू रहे थे, अपने हाथों से उसे दबा रहे थे और हँस-हँसकर लोटपोट हो रहे थे।

म्यूज़िक सिस्टम अचानक बन्द कर दिया गया। "सब चुप हो जाओ।" यह रावत साहब की आवाज़ थी।

बच्चों के बीच कानाफूसी होने लगी। कुछ बच्चे जो अपनी हँसी रोक नहीं पा रहे थे, उन्होंने अपने मुँह पर हाथ रख दिए। संजना को अभी भी अपने चेहरे से हाथ हटाने की हिम्मत नहीं हो रही थी। किसी ने उसे अपनी बाँह के सहारे ड्राइंगरूम से बेडरूम तक पहुँचा दिया। वह अपनी बेड पर औंधे मुँह गिर पड़ी।

मंजर अचानक बदल गया था। बच्चे कुछ समझ नहीं पा रहे थे। कुछ बच्चे प्रश्न भरी नज़रों से एक-दूसरे की तरफ़ देख रहे थे। अभिजीत बेडरूम में संजना को समझाने-बुझाने की कोशिश कर रहा था। फिर वह प्यार से उसे धीरज बँधाने लगा, लेकिन जवाब में संजना की और भी तेज़ सिसकियाँ सुनाई

देने लगीं। अभिजीत का मन असहाय करुणा से बोझिल हो उठा। वह वहीं फ़र्श पर बैठ गया। दीवार से अपनी पीठ टीका ली और घुटनों पर कोहनियाँ रखकर दोनों हाथों से अपना सिर थाम लिया।

घर में सन्नाटा छा गया। ड्राइंगरूम के दरवाज़े के पास रावत साहब एक बड़ा-सा बॉक्स हाथ में लिए खड़े थे। वो बच्चों को रिटर्न गिफ्ट दे रहे थे और उन्हें विदा कर रहे थे, कुछ देर बाद सब चले गए।

कुछ देर बाद अभिजीत ने सिर उठाकर देखा, ड्रॉइंगरूम में चारों तरफ़ बिखरी अधखाई प्लेटों, आइसक्रीम के कपों और पंखे की हवा में लहराती रंग-बिरंगी झालरों के बीच रावत साहब अकेले खड़े थे। उनके हाथ में वह पैड था। कुछ देर उस पैड को थामे वे खड़े रहे फिर उसे अपने साथ लेकर अपने कमरे में चले गए।

सुबह संजना देर से उठी। जब वह अपने कमरे से बाहर आई तो रोज़ की तरह आज रावत साहब जूस और फूल लिए हुए खड़े दिखाई नहीं दिए। संजना ने अपने बिखरे हुए बालों का जूड़ा बनाया और काम में भिड़ गई। सबसे पहले ड्रॉइंगरूम में बिखरी हुई चीज़ों को समेटना ज़रूरी था। कुछ देर बाद अभिजीत भी आकर हाथ बँटाने लगा। दोनों चुप थे।

ड्रॉइंगरूम की साफ़-सफ़ाई के बाद वे किचन में चले गए। प्लेटों में पड़ी जूठन को डस्टबिन में डालने के बाद उन्होंने सभी प्लेट-चम्मचों को सिंक में धोने के लिए रख दिया। अभिजीत ने चाय की तैयारी शुरू कर दी और वह नाश्ते की तैयारी करने लगी।

किचन के काम से फ़ारिग़ होने के बाद जब संजना अपने कमरे में वापस जा रही थी, तब उसने देखा, रावत साहब के कमरे का दरवाज़ा खुला था। वे दरवाज़े की तरफ़ पीठ फेरकर ज़मीन पर पालथी मार के बैठे थे। उनके आस-पास क्राफ्ट और आर्ट वर्क के लिए काम में आने वाली चीज़ें फैली थीं। आम तौर पर वे सिर्फ़ रविवार के दिन बच्चों को ड्राइंग और क्राफ्ट सिखाते थे, लेकिन उस दिन न तो रविवार था न ही उनके साथ बच्चे थे। वे अकेले अपने काम में मगन थे। वे क़ैंची से किसी चीज़ को बहुत सख़्ती से काट रहे थे। दोनों

में से किसी की उनसे बात करने की हिम्मत नहीं हुई। वे चुपचाप तैयार हुए नाश्ता किया और रावत साहब का नाश्ता डाइनिंग टेबल पर ढककर रखने के बाद घर से बाहर चले गए।

दिन भर दोनों का किसी काम में मन नहीं लगा। आज के शिड्यूल में उनके सीरियल के उस एपिसोड को शूट करना था जिसमें शादी के कुछ हर्षोल्लास वाले दृश्य थे। एक अभिनेता के लिए ये बहुत मुश्किल क्षण होते हैं। जब वह ख़ुद अपने किन्हीं निजी करणों से डिप्रेशन में हो और उसे एक हँसते-चहकते किरदार को अभिनीत करना पड़े।

नए अभिनेताओं को यह मालूम नहीं होता कि जीवन में कभी ऐसे हालत भी आ सकते हैं। उन्हें यह भी मालूम नहीं होता कि कोई और सेट डिज़ाइनर भी है जो आपके जीवन में सेट लगाएगा। कोई एक और स्क्रिप्ट रायटर भी हैं, जो आपके निजी सम्बन्धों के बीच एक नई सीक्वेंस खड़ी कर देगा और एक अज्ञात निर्देशक भी है, जो आपको अपने चेहरे से मेकअप हटाने का मौक़ा दिए बग़ैर अचानक एक ऐसा शॉट देने के लिए कहेगा जिसके ओके होने की कभी कोई गुंजाइश नहीं होती। कई बार रिशूट के बावजूद कई ऐसे शॉट होते हैं जो ओके होने के इन्तज़ार में पड़े रहते हैं।

सेट पर उस तनावपूर्ण आत्मसंघर्ष के बाद जब वे वापस घर लौट रहे थे, तब संजना बुरी तरह से नर्वस थी–अपने लो परफ़ॉर्मेंस के कारण भी और यह सोचकर भी कि अब घर जाकर एक और ज़्यादा मुश्किल सिचुएशन का सामना करना पड़ेगा।

लेकिन जब वे घर पहुँचे तो रावत साहब पड़ोस का एक अजीबोगरीब मामला सुलझाने बैठे थे। उन्होंने देखा कि ड्रॉइंगरूम में सोफ़े पर सामनेवाले घर में रहनेवाले पति-पत्नी बैठे थे। सेंट्रल टेबल पर बहुत सारी पेपर शीट पड़ी थीं, जिनमें अलग-अलग रंगों से कुछ आँकड़े, कुछ चिन्ह और कुछ अंग्रेज़ी के शब्द अंकित थे।

संजना और अभिजीत अपने इन पड़ोसियों को जानते थे। पति आईटी इंजीनियर था और पत्नी हाउसवाइफ़। उनके घर से आए दिन ऊँची आवाज़ों

में झगड़ने की आवाज़ें आती थीं।

रावत साहब ने संजना और अभिजीत को अपने पास बैठने का इशारा किया। उनके आने से पति-पत्नी थोड़े असहज जो गए, वे किसी मामले के अत्यन्त नाज़ुक और महत्त्वपूर्ण बिन्दु तक पहुँच चुके थे। रावत साहब ने बात जारी रखने का इशारा किया और एक संक्षिप्त संकोचपूर्ण रुकावट के बाद सुनवाई फिर शुरू हो गई।

आईटी की पत्नी ने कुछ ही दिन पहले उसके ऊपर घरेलू हिंसा का मामला दर्ज किया था। उसका यह आरोप था कि उसका पति उससे हद से ज़्यादा परफ़ेक्शन की उम्मीद रखता है। वह घरेलू कामों की भी रोज़ नई वर्कशीट बनाता है। वह चाहता है की दिन भर के घरेलू कामों का ब्योरा अलग-अलग रंगों में दर्ज किया जाए। वह पहले ही निर्धारित कर देता है कि कौन-कौन सा काम किस समय करना है। उसके द्वारा तयशुदा कोई काम किसी वजह से नहीं हो पाया तो उसके लिए भी अलग से एक कॉलम है, जिसमें विस्तार से यह लिखना ज़रूरी है कि काम क्यों नहीं हो पाया। काम न हो पाने की वजह कितनी भी जेनुइन हो, लेकिन वह उससे सन्तुष्ट नहीं होता और उससे गाली-गलौज करता है। वह मेरा और मेरी बेटी का वजन हर सप्ताह चेक करता है। हमारे वजन के हिसाब से डाइट चार्ट बनाता है। उसने किचन में भी एक वेटिंग मशीन लगा रखी है। दाल, चावल, आटा, सब्ज़ी बिना नाप-तोल किए कोई भी चीज़ इस्तेमाल नहीं हो सकती। हर चीज़ की मात्रा भी उसी ने तै की है। वेटिंग मशीन में अकसर टेक्निकल प्रॉब्लम आती रहती है लेकिन सब्ज़ी में अगर मसाला या दाल में नमक ज़्यादा पड़ जाए तो मार उस मशीन को नहीं मुझे खानी पड़ती है और तो और मेरे हाथ से बनी रोटी को भी वह मेजरिंग टेप से नापता है। उसके निर्धारित माप के अनुसार रोटी का व्यास पाँच इंच होना चाहिए। अगर रोटी एक सूत भी कम ज़्यादा हुई तो वह उसे मेरे मुँह पर फेंक देता है।

रावत साहब के सामने वर्क शीट के ऊपर एक रोटी भी पड़ी थी, जिसे संजना और अभिजीत ने तब देखा जब रोटी का ज़िक्र आया। वे दोनों आश्चर्य से एक-दूसरे का मुँह देखते रह गए। रावत साहब ग़ौर से रोटी को देख रहे थे।

कुछ देर बार उन्होंने सिर उठाया और पति-पत्नी से मुख़ातिब हुए, "रोटी के बारे में कोई इनसान केवल तब सोचता है जब या तो वह भूखा हो या उसकी भूख मर जाती है। इस शहर में ऐसे कई लोग होंगे, जो भूखे पेट गुज़ारा कर रहे होंगे और कई ऐसे भी होंगे जो अपने पेट में मरी हुई भूख लिए हुए घूम रहे हैं। वे नहीं जानते कि जैसे भूखे को रोटी की ज़रूरत होती है, वैसे ही रोटी को भी भूख की ज़रूरत होती है।"

इतना कहने के बाद रावत साहब ने आईटी की पत्नी से आँखें मिलाईं, "क्या कभी तुम अपने पति को लंच ऑवर में फ़ोन कर के यह पूछती हो कि तुमने खाना खा लिया?"

"नहीं।"

"क्यों? तुम्हें यह ज़रूरी नहीं लगता?"

"दरअसल मेरा पूरा ध्यान उस शीट पर होता है। मुझे टाइम टू टाइम सब काम निपटाने पड़ते हैं। अब आप ही बताइए मैं उनके लंच का ध्यान रखूँ या उस वर्क शीट का, जो वे मेरे छोड़ जाते हैं?"

रावत साहब ने पत्नी की बात पर सहमति में सिर हिलाया, "क्या तुम अपना लंच आफ़िशियल लंच ब्रेक में लेते हो?"

"नहीं! हमारे वर्क प्लेस में लंच का कोई फिक्स टाइम नहीं होता।"

आईटी के इस जवाब पर अभिजीत ने तुरन्त सहमति जताई।

"बिलकुल ठीक कह रहे हैं ये। कई बार हमारा शिड्यूल इतना टाइट होता है, कि हम अपना लंच बॉक्स भी नहीं खोल पाते।"

रावत साहब के चेहरे पर हल्की-सी मुस्कराहट आ गई। उन्होंने फिर आईटी से पूछा, "अच्छा तुम अब ये बताओ कि जब तुम काम पर पहुँचते हो तब क्या तुम्हारी डेस्क की वाल पर भी कोई वर्क शीट लगी होती है?"

"जी सर!"

"क्या तुम उसमें दर्शाए गए कामों को ठीक उसी तरह और उसी समय पूरा कर पाते हो?"

"नहीं अकसर ऐसा नहीं हो पाता।"

"जब वैसा नहीं हो पाता तब तुम्हारे हेड तुम्हारे साथ किस तरह पेश आते हैं?"

आईटी का चेहरा उतर गया। कुछ कहने के बजाय उसने सिर झुका लिया।

संजना ने तुरन्त अभिजीत की तरफ़ देखा और मुस्करा दी। जैसे उसे इस पूरे मामले का कोई अहम पहलू दिखाई दे गया हो। कहने की ज़रूरत नहीं थी कि उन दोनों के सम्बन्धों के बीच एक शीट और थी, जिसका नियामक कोई और था। "आपके पास एक प्लेन शीट है?" रावत साहब ने आईटी से पूछा।

"हाँ है।" उसने झट से खड़े होते हुआ कहा, "क्या शीट के साथ आपको मार्कर पेन भी चाहिए?"

"हाँ! बिलकुल... दोनों चाहिए।"

वह आदमी उठा और अपने घर से दोनों चीज़ें उठा लाया। रावत साहब ने दूसरी तमाम शीटों को परे सरकाते हुए प्लेन शीट को सेंट्रल टेबल के बीचोबीच रखा और मार्कर पेन से दो अलग-अलग ब्लॉक बनाए और दोनों ब्लॉको में अलग-अलग कॉलम बनाने लगे। एक ब्लॉक प्रोफ़ेशन वर्क के लिए था दूसरा डोमेस्टिक वर्क के लिए; बीच की ख़ाली जगह में उन्होंने बड़े-बड़े अक्षरों से ऊपर 'सिस्टम' लिखा और नीचे 'रोटी'।

आईटी और उसकी पत्नी ग़ौर से उस शीट को देखते रहे, जिसमें काम की ज़िम्मेदारियों और उनके रिश्तों के ताने-बाने का एक व्यवस्थित पैटर्न तैयार किया गया था। कुछ देर बाद शीट से नज़रें हटाकर पति-पत्नी ने एक-दूसरे की तरफ़ देखा। उनकी आँखों में कोई जाना-पहचाना भाव दिखाई देने लगा। वे एक नए सिरे से एक-दूसरे को समझने की कोशिश करते दिखाई दे रहे थे।

कुछ देर बाद पति उठा और बड़े हिकारतवाले भाव से अपनी उन वर्क शीटों को समेटने लगा।

"डस्टबिन वहाँ हैं।" रावत साहब ने ड्राइंगरूम के कोने में पड़े डस्टबिन की तरफ़ इशारा किया।

"ये डस्टबिन बहुत छोटा है।" आईटी ने मुस्कराते हुए कहा, "मैं अपनी इन बेहूदा वर्कशीटों को किसी डम्पिंग यार्ड में फेंक आऊँगा।"

रावत साहब ने उठ कर उसकी पीठ थपथपाते हुए शाबासी दी।

आईटी की पत्नी ने रावत साहब की शीट को अपने हाथों से रोल किया और मुस्कराते हुए कहा, "आपकी यह 'रिलेशन शीट' हमारे ड्रॉइंगरूम की वाल पर हमेशा लगी रहेगी।"

पति-पत्नी के लिए यह अनुभव बहुत विरल था। संजना और अभिजीत भी अभिभूत थे।

"आप इतनी आसानी से कैसे सब चीज़ों को समझ लेते हैं?"

संजना ने पूछा और अभिजीत ने उसके सवाल को आगे बढ़ाया, "और वो भी इतनी काम्प्लिकेटेड चीज़ों को, जो हमें इतना उलझा देती हैं कि हम कुछ सोच ही नहीं पाते।"

इससे पहले कि रावत साहब कोई जवाब दे पाते, आईटी ने भी सवाल पूछ लिया, "सर! कहाँ से सीखा आपने यह हुनर? क्या आप कोई काउंसलर हैं?"

पति की इस बात को तुरन्त काटते हुए पत्नी बीच में बोल पड़ी, "अरे नहीं-नहीं...। काउंसलर तो बहुत छोटी चीज़ है, रावत साहब कोई काउंसलर नहीं त्रिकालदर्शी हैं।"

"अरे भई मुझे भी तो कुछ बोलने दोगे।" रावत साहब ने सबको चुप कराते हुए कहा, "मैं न तो कोई काउंसलर हूँ न त्रिकालदर्शी। बात बस इतनी सी है कि जैसे तुम लोग हताश होने का कोई न कोई कारण खोज लेते हो, वैसे ही मैं उम्मीद की कोई न कोई बेवक़ूफ़ी भरी वजह खोज लेता हूँ।"

इस बात पर सब हँसने लगे। फिर अभिजीत ने रुआँसे स्वर में एक्टिंग करते हुए कहा, "काश हम भी आपकी तरह बेवक़ूफ़ होते।"

"अरे भई! मैं उतना बेवक़ूफ़ भी नहीं हूँ। बस यूँ समझ लो कि कभी-कभी तुक्का चल जाता है। कुछ लोग मेरी बात मान जाते हैं। ऐसा संयोग बन जाता है कि कुछ मामले मेरे हाथों में आकर अच्छी तरह निपट जाते हैं।"

हास-परिहास के ये मधुर क्षण कब बीत गए किसी को पता नहीं चला। जब पति-पत्नी विदा लेकर चले गए, तो अभिजीत और संजना एक-दूसरे की तरफ़ देखने लगे। दोनों को समझ में नहीं आ रहा था कि अब क्या किया जाए?

संजना रावत साहब द्वारा कही गई बातों को याद करते हुए कोई ऐसा बिन्दु खोज रही थी, जो उनके मामले को सुलझाने में सहायक हो।

रावत साहब के हाव-भाव से ये अन्दाज़ लगाना मुश्किल था कि कल की घटना का उनके ऊपर क्या असर हुआ है? पड़ोसियों के चले जाने के बाद भी वे सहज थे लेकिन संजना और अभिजीत का बुरा हाल था। वे कुछ कहना चाहते थे लेकिन कह नहीं पा रहे थे। उहापोह से बचने के लिए वे इधर-उधर की बातें करने लगे। मुख्य मुद्दे पर आने से पहले की जानेवाली इस तरह की बातें हालाँकि फालतू होती हैं, लेकिन उससे भूमिका बाँधने का समय मिल जाता है।

"आज तुम दोनों इतनी ज़ल्दी कैसे आ गए?"

रावत साहब ने इधर-उधर की उनकी बातों को बीच में काटते हुए पूछा। अभिजीत ने संजना की तरफ़ देखा फिर नज़रें चुराते हुए कहा, "आज संजना बहुत अप्सेट थी। हमारा एक भी शॉट ओके नहीं हो पाया।"

"कोई बात नहीं... कल ठीक हो जाएगा, सब दिन एक जैसे नहीं होते।"

यह पहली बार था, जब वे इतने फॉर्मल ढंग से बात कर रहे थे।

"यही बात मैं संजना को समझा चुका हूँ कि जो होना था वह हो गया। उस बात को लेकर तुम अपने आप को ज़्यादा तकलीफ मत दो।"

उन दोनों को यह उम्मीद थी कि अब वे ज़रूर पूछेंगे कि 'क्या हो गया क्यों इतनी परेशान हो?' लेकिन उनका लहज़ा इस बार भी सपाट था, "हाँ... ज़्यादा सोचना नहीं चाहिए, जब-जब जो-जो होता है तब-तब सो-सो होता है।"

उनके लहज़े से बिलकुल ये ज़ाहिर नहीं हो रहा था कि वे किसके लिए यह बात कह रहे हैं। संजना के साथ जो हुआ उसके लिए या ख़ुद उनके साथ जो हुआ उसके लिए।

कुछ देर बात वे उठ कर खड़े हो गए, "अच्छा तो अब मैं टहल कर आता हूँ।"

वे अपने रनिंग शूज पहनने लगे, जूते की लेस बाँधने के बाद वे बिना उनकी तरफ़ देखे घर से बाहर चले गए। संजना और अभिजीत फिर एक बार

एक-दूसरे का चेहरा देखते रह गए।

बाहर आने के बाद जीने की सीढ़ियाँ उतरते वक़्त रावत साहब को लगा कि उनका बर्ताव ठीक नहीं है। हालाँकि वे संजना को किसी तरह की चोट पहुँचाने के लिए उसके साथ ऐसा व्यवहार नहीं कर रहे थे, दरअसल वे भी उस सम्भावित स्थिति से कतराने की कोशिश कर रहे थे। उन्हें डर था की कल वाले मामले का ज़िक्र आते ही संजना फूट-फूट कर रोने लगेगी, वे उसे उस असहाय रूप में नहीं देखना चाहते थे। वे संजना के चेहरे पर शर्मिन्दगी का भाव भी नहीं देखना चाहते थे। उन्हें डर था अगर ऐसा हुआ तो वे उसे धीरज बँधाने के बजाय ख़ुद ही भरभरा जाएँगे।

संजना और अभिजीत को रावत साहब की इन भावनाओं के बारे में कुछ भी मालूम नहीं था। वे कल रात से आज शाम तक की उनकी सभी बातों और गतिविधियों और चेहरे के एक्स्प्रेशन को याद करते हुए तरह-तरह के अनुमान लगा रहे थे। उनके उपेक्षा भरे रवैये के कारण संजना की कोमल भावनाओं को बहुत ठेस पहुँची थी। पीड़ा और आक्रोश के कारण वह जो कुछ भी सोच रही थी और जिस तरह की भी कल्पना कर रही थी, वह वस्तुपरक होने के बजाय एक अपराध-पीड़ित व्यक्ति की बौखलाई हुई मानसिकता थी।

वह ख़ुद को यह सोचने से रोक ही नहीं पा रही थी कि उस पैड का रावत साहब ने क्या किया होगा? उसे लग रहा था कि सुबह वे कमरे में पीठ फेरकर इसीलिए बैठे थे। उनके एक हाथ में क़ैंची थी। अपनी पूरी नफ़रत के साथ उस क़ैंची से उन्होंने पैड के टुकड़े-टुकड़े कर दिए होंगे... बार-बार यही सोचते हुए उसे लगने लगा कि यही हुआ होगा... हाँ... बिलकुल यही हुआ होगा। वह अपने सन्देह को पुष्ट करने के लिए रावत साहब के कमरे में चली गई। उनकी सब अलमारियों और दराज़ों को देखने लगी। फिर उसे ख़याल आया कि उस पैड का काम तमाम करने के बाद उसके टुकड़ों को उन्होंने डस्टबिन में डाल दिया होगा। वह तुरन्त पलटकर ड्राइंगरूम में आई। डस्टबिन का ढक्कन खोलते ही उसने अपना हाथ मुँह पर रख दिया—पैड की छोटी-छोटी कतरनों के साथ उसमें इलास्टिक कि दो पट्टियाँ भी पड़ी थीं। दरअसल वहाँ पैड की

बस थोड़ी सी कतरनें थीं। पूरे पैड के टुकड़े नहीं थे लेकिन ये कतरनें उसके सन्देह को पुष्ट करने के लिए काफ़ी थीं। वह जिन अनुभवों से गुज़र रही थी उसी आधार पर उसका तन्त्रिका तन्त्र काम कर रहा था। अब दूसरी कोई बात उसकी तन्त्रिका में जा ही नहीं सकती थी। किसी भी चीज़ को सिर्फ़ नष्ट करने के लिए नहीं काटा जाता, नया आकार देने के लिए भी काटा जाता है।

लेकिन किसी नए रूपाकार की कल्पना करने के बजाय वह ये सोच रही थी कि कोई आदमी चाहे कितना भी रहमदिल हो, लेकिन जब उसके दिल को गहरी चोट लगती है तो वह क्रूर हत्यारे में भी बदल सकता है। संजना ने अपनी कल्पना में उस पैड का जो एकमात्र हश्र देख लिया था, उसके अलावा वह दूसरा कुछ सोच ही नहीं सकती थी उसके चेहरे पर एक साथ कई भाव आ जा रहे थे। कुछ ऐसे भाव, जो उन मादाओं के चेहरों पर तब आते हैं जब कोई शिकारी जानवर उनके नवजात बच्चे को उन्हीं के सामने चीथ डालता है।

संजना जब इस तरह की कल्पना में खोई थी और रावत साहब के बारे में कुछ भी अनाप-शनाप सोच रही थी तब रावत साहब पार्क की बेंच पर बैठे यह सोच रहे थे कि बेचारी संजना अब भी यही सोच रही होगी कि मुझे उसकी झूठी कहानी के बारे में कुछ भी पहले से मालूम नहीं था, और कल अचानक जो सच सामने आया, उसे जानकर मैं उससे नाराज़ हूँ।

'हूः ह ह!' उन्होंने ज़ोर से सिर झटक दिया, 'कितनी बेवकूफ़ है ये यह लड़की...' वे भावावेग में बड़बड़ाने लगे, 'ख़ुद तो बेवकूफ़ है, और मुझे भी बेवकूफ़ समझती है ...अरे भई! मुझे तो सब कुछ पहले से मालूम था... मैंने उस टकले दलाल की बातों में आकर उन्हें रूम किराए पर नहीं दिया था। मुझे तो पहली नज़र में ही प्यार हो गया था... ओह! उसका चेहरा कितना रूहानी है और दोनों की जोड़ी कितनी प्यारी है और उनकी ज़िन्दगी कितनी बहुरंगी और कितनी बहुआयामी है। मैं उनकी सारी खट्टी-मीठी उलझनों और उनकी बचकानी मुसीबतों से प्यार करता हूँ... और ये जो इतने दिनों से गोलमाल चल रहा है, उसे भी मैंने यही सोचकर चलने दिया है कि चलो भई ठीक है! वे दोनों अगर मुझे बुद्धू बना रहे हैं, तो यही सही, अगर मेरी टिंगल ले रहे हैं तो

यही सही, कम से कम इसी बहाने दोनों का थोड़ा मनोरंजन हो जाएगा। बेचारे इंटरटेनमेंट इंडस्ट्री से जुड़े लोगों पर मुझे दया आती है... दूसरों को इंटरटेन करते-करते वे ख़ुद के दिलोदिमाग़ का ध्यान नहीं रख पाते... ज़ाहिर है मैं तो इस लुका-छिपी के खेल को सिर्फ़ खेल के रूप में ले रहा हूँ। मुझे क्या मालूम था कि वह इस मामले को इतनी गम्भीरता से ले रही है?'

रावत साहब बहुत ज़्यादा चिन्तित हो उठे। अगर ये लड़की अभी तक कुछ समझ नहीं पाई है, तो आगे क्या होगा? आज दिन भर की मेहनत के बाद मैंने उस पैड को जो नया रूप दिया है, उसे देख कर वो क्या सोचेगी? कहीं ख़ुश होने के बजाए वह अपनी कृतघ्नता के लिए पश्चात्ताप तो नहीं करने लग जाएगी? कुछ देर बाद इस ख़याल से वे और भी परेशान हो उठे कि कहीं वह यह न समझ बैठे कि कि मैंने उसका मज़ाक उड़ाने के लिए उस पैड को एक बेबी गर्ल में बदल दिया है। मैंने उस बेबी गर्ल के चेहरे को हूबहू संजना के चेहरे जैसा बनाने में कितनी मेहनत की है, लेकिन ग़ुस्से में आकर अगर वह ये पूछेगी कि क्या ज़रूरत थी मेरे निजी मामले को हाथ में लेने की, किससे पूछकर आपने ये सब किया, तो मैं क्या जवाब दूँगा?

रावत साहब को लगा कि उनकी ग़ैरहाज़िरी में कुछ अनर्थ न हो जाए। वे फौरन उठ खड़े हुए। इससे पहले कि संजना उस बेबी को देख ले, उन्हें वहाँ पहुच जाना चाहिए... उनकी चाल तेज़ हो गई... फुटपाथ पर वे दो-तीन बार आते-जाते लोगों से टकरा गए। सड़क क्रॉस करते समय उन्हें सिग्नल का भी ध्यान नहीं रहा। शॉर्टकट लेने के चक्कर में वे एक तंग और बेहद भीड़-भाड़ वाली गली में फँस गए। गली से बाहर निकले तो उस सड़क को भूल गए, जो उन्हें ज़ल्दी घर पहुँचा सकती थी।

और उधर घर में 'बेबी संजना' अपने पालने में लेटी मन्द-मन्द मुस्करा रही थी। उसके दोनों जन्मदाता परेशान थे। एक जन्मदाता हड़बड़ी में घर की तरफ़ लौट रहा था, यह सोचते हुए कि कहीं संजना उसे पालने से उठाकर खिड़की के बाहर न फेंक दे। दूसरी जन्मदाता रोते-बिलखते हुए अपना बोरिया-बिस्तर बाँध रही थी, 'उन्हें इस तरह मेरा अपमान नहीं करना चाहिए...। मुझे

मजबूरी में झूठ बोलना पड़ा था लेकिन मैं कोई आवारा या चरित्रहीन लड़की नहीं हूँ... वे मुझे दो तमाचे लगा सकते थे, बाल पकड़कर घर से बाहर निकाल सकते थे लेकिन एक बच्चे को क़ैंची से काट-काटकर उसके टुकड़े-टुकड़े कर डस्टबिन में फेंक देना कितना भयानक है...। मैं कभी भूल नई पाऊँगी... मैं कभी उन्हें माफ़ नई कर पाऊँगी...।'

संजना की नज़र अभी तक सिर्फ़ डस्टबिन पर पड़ी थी, पालने में लेटी बेबी संजना की मुस्कराहट पर नहीं; अब उसकी मुस्कराहट और गहरी हो गई। वह अपने दोनों जन्मदाताओं की मूर्खता पर हँस रही थी।

दहन

उस दिन मैं एक बड़ी ख़ुशफ़हमी में था। आधी रात का वक़्त था और मैं सुनसान सड़क पर तेज़ी से चला जा रहा था। मैं यह मानकर चल रहा था कि मैं जो कुछ भी सोच रहा हूँ और जिस सम्भावित सुखद परिणाम की कल्पना कर रहा हूँ, वह वास्तविक रूप में भी उतना ही सुखद और रोमांचक होगा।

दरअसल तब मैं सोलह साल की मचलती-गुदगुदाती कामनाओं के आग़ोश में था और उस वक़्त इतने रोमैंटिक मूड में था कि किसी भी तरह की हक़ीक़त उसका मुक़ाबला नहीं कर सकती थी।

लेकिन जैसा कि अकसर होता आया है, क़िस्मत ठीक उस समय टाँग अड़ाती है, जब हम मंज़िल के बिलकुल क़रीब होते हैं। सामने से अचानक एक ट्रक आ गया। वह सड़क बहुत सँकरी थी, हेडलाइट की चुँधियाती रोशनी के कारण मुझे आगे का कुछ भी साफ़ दिखाई नहीं दे रहा था, लेकिन फिर भी मैंने अपनी चाल धीमी नहीं की और अगले ही पल मेरा दायाँ पैर पता नहीं किस चीज़ से टकराया और मैं एक खुली नाली में मुँह के बल गिर पड़ा। मेरी टाँगें तो नाली से बाहर थीं, लेकिन पूरा चेहरा और दोनों हाथ कीचड़ में धँस गए।

जब मैंने अपना चेहरा ऊपर उठाया तो नाली के कीचड़ में मुझे दो चमकती हुई आँखें दिखाई दीं। ये छोटी-छोटी आँखें कुछ इस ढंग से चमक रही थीं कि मैं सहम गया। मैंने एक पल भी गँवाए बग़ैर अपना सिर नाली से बाहर

निकाला। सीधे खड़े होने के बाद मैंने अपने दोनों हाथों को कूल्हे से रगड़कर साफ़ किया, फिर क़मीज़ का निचला हिस्सा ऊपर उठाकर चेहरे की गन्दगी पोंछने लगा। लेकिन मल-मूत्र और कीचड़ की बदबू से पीछा छुड़ाना मुश्किल था। मेरा सिर भी चकरा रहा था। तभी मुझे ख़याल आया कि नाली में मैंने कुछ देखा था। कमर और बाएँ घुटने में उठते दर्द के बावजूद मैंने झाँककर देखा, मुझे फिर वही आँखें दिखाई दीं। मुझे लगा कि ये मेरा भ्रम तो नहीं है? कि ये आँखों की बजाय कुछ और तो नहीं है? लेकिन तभी मुझे कमज़ोर स्वर में म्याऊँ-म्याऊँ की आवाज़ सुनाई दी। इस बार मैंने अँधेरे में नज़रें जमाकर ग़ौर से देखा–वह एक छोटी-सी बिल्ली थी। उसका सिर्फ़ चेहरा कीचड़ से बाहर था, टाँगें अन्दर किसी चीज़ से उलझकर फँस गई थीं। वह मेरी और देखकर म्याऊँ-म्याऊँ की गुहार लगा रही थी और अपनी टाँगों को किसी चीज़ की जकड़ से छुड़ाने की कोशिश कर रही थी।

मैं सोच में पड़ गया कि अब क्या करूँ? कुछ देर पहले मेरे दिलो-दिमाग़ में जो एक चहकती-महकती ख़ुशफ़हमी थी, उसकी लय एक झटके में टूट गई थी और अब मेरे सामने एक गिलगिली ग़लाज़त थी जो मुझे आवाज़ दे रही थी और बचाओ-बचाओ की गुहार लगा रही थी।

ज़ाहिर है, ऐसे हालात में कोई एकदम से सहज और सजग नहीं हो सकता। कुछ वक़्त लगता है। जब ठेस लगती है, तो कुछ देर के लिए दिमाग़ भन्ना जाता है। मैं खड़ा तो हो गया था, लेकिन ख़ुद को सँभाल नहीं नहीं पा रहा था। मेरी कमर में भी लचक आ गई थी और घुटने से दर्द की तेज़ लहर उठ रही थी। मैं अपना एक हाथ नाली के ऊपर बने चबूतरे पर और दूसरा हाथ कमर पर रखे कुछ देर हाँफता रहा। नाली से लगातार आती म्याऊँ-म्याऊँ की आवाज़ मुझे कुछ सोचने नहीं दे रही थी।

और वैसे भी ज़रूरत कुछ सोचने की नहीं, कुछ करने की थी। अकसर ऐसा होता है कि एक इनसान जो सोचता है, वह कर नहीं पता और कभी-कभी कोई अज्ञात प्रेरणा अचानक उससे कुछ ऐसा करवा लेती है, जिसके बारे में उसने कुछ सोचा ही नहीं होता।

बिल्ली के बच्चे को नाली से बाहर निकालकर चबूतरे पर मेरे जिस हाथ ने रखा था, उस हाथ में बदबूदार गन्दगी के साथ एक धड़कते हुए दिल की धड़कन का एहसास अभी तक क़ायम था। इतने छोटे से जीव की इतनी तेज़ धड़कन? मैंने उसे चबूतरे पर रख दिया था, लेकिन उसका दिल अभी तक मेरे दाएँ हाथ की हथेली में धड़क रहा था। वह ठंड से काँप रही थी। अपने भीगे हुए शरीर से गन्दगी को झटकने के लिए उसने दो बार पूरे शरीर को झिंझोड़ा। अब उसके रोंए खड़े हो गए, उभरी हुई हड्डियों का ढाँचा एक साथ इतना दयनीय और घिनौना दिखाई दे रहा था कि मुझे आश्चर्य हुआ कि अभी तक वह जीवित कैसे है?

उसकी म्याऊँ-म्याऊँ अब बन्द हो गई थी। वह मुझे देख रही थी, उसकी आँखों में ज़रा भी एहसानमन्दगी का भाव नहीं था।

चलो कोई बात नहीं... मैंने उसे नाली से बाहर निकालकर उस पर कोई एहसान नहीं किया है!–यह सोचते हुए मैंने उसका ख़याल दिमाग़ से निकाल दिया। ठेस खाकर नाली में गिरने के दौरान मेरी एक चप्पल मेरे पैर से अलग हो गई थी। मैंने इधर-उधर नज़रें दौड़ाईं, नाली के किनारे औंधे पड़े चप्पल को झुककर सीधा करने के बाद उसे पहनकर मैं जैसे ही जाने को हुआ, फिर से उसकी आवाज़ आई–म्याऊँ!

"अब क्या है?" मैंने पलटकर झल्लाते हुए कहा। लेकिन मेरी झल्लाहट को कोई तवज्जो दिए बग़ैर वह दो क़दम आगे बढ़ी और चबूतरे से नीचे उतरने की कोशिश करने लगी।

"अरे रे रे... ये क्या कर रही..." मैं डर गया कि वह नीचे गिरकर मर न जाए।

लेकिन मेरी बात अनसुनी कर वह नीचे कूद गई और मेरे क़दमों के पास आकर बैठ गई। उसने गर्दन उठाई और मुझे देखने लगी। लेकिन इस बार मैंने मन पक्का कर लिया था। उसकी नज़रों को नज़रअन्दाज़ कर मैं लम्बे-लम्बे क़दम बढ़ाते हुए तेज़ी से चलने लगा, ताकि वह पिछड़ जाए और मुझे दोबारा उसकी मायावी आँखों और उसकी कातर आवाज़ का सामना न करना पड़े।

कुछ देर तक जब कोई आवाज़ नहीं आई तो मैंने राहत की साँस ली। लेकिन जब मैंने नज़रें झुकाईं तो दंग रह गया। वह मेरे पीछे-पीछे नहीं आ रही थी, बल्कि मेरे साथ-साथ चल रही थी–कुछ ऐसे अन्दाज़ में जैसे वह मेरी शरीके-हयात हो।

"ये तो हद हो गई!" मैं बुरी तरह झुँझला गया, "ये बिल्ली की बच्ची तो अपने आपको कुछ ज़्यादा ही होशियार समझ रही है।"

मैं उसे चकमा देने की तरक़ीबें सोचने लगा। इस मामले में मैं बहुत माहिर हूँ। जब आज तक मेरी माँ मुझसे जीत नहीं पाई, तो इस बिल्ली की क्या मज़ाल है? मैंने अपनी चाल धीमी कर दी, फिर कुछ सोचने का अभिनय करते हुए रुक गया। मैंने अपनी जेब से वह लव लेटर निकाला जिसे नाली में गिरने से पहले मैं 'किसी को' देने जा रहा था। मैं जान-बूझकर उस लेटर को पढ़ने के बहाने टाइम-पास करता रहा, ताकि वह बोर होकर चली जाए। मैंने तीन बार उस लेटर को पढ़ा, फिर कनिखयों से नीचे देखा, वह इत्मीनान से बैठी थी जैसे कह रही हो कि तुम आराम से अपना काम करो, मुझे कोई ज़ल्दी नहीं है!

पहला सबक मुझे ये मिला कि यह बिल्ली मेरी माँ की तरह अधीर नहीं है। इसके पास धीरज है।

रात बहुत हो गई थी, मैंने अपने घर की राह ली। फिर मुझे तुरन्त ख़याल आया कि इसे अपने घर का पता बताना ठीक नहीं है। मैं फिर सोच में पड़ गया कि अब क्या करूँ?

अगले ही पल मेरे दिमाग़ में एक शैतानी ख़याल आया और मैं घर का रास्ता छोड़ एक ऐसी गली में मुड़ गया, जहाँ एक कुख्यात कटखना कुत्ता रहता था।

वह अभी भी इठलाती हुई मेरे साथ चल रही थी। उसे क्या मालूम था कि वह किस ख़तरे में पड़ने वाली है! हम दोनों चुपचाप उस सुनसान गली में चलते रहे। आधी गली पार करने के बाद भी कहीं कुत्ता नज़र नहीं आया तो मैं मन ही मन उस कुत्ते को कोसने लगा। लेकिन कुछ ही देर बाद जब वह अपने कान खड़े किए आँखों में चमकते हत्यारेपन के साथ सामने से आता दिखाई दिया,

तो मैं काँप गया। अगले ही पल क्या होनेवाला है, यह सोचकर मैं इतना घबरा गया कि मेरे मुँह से चीख निकल गई। उसकी निगाहें अगर मेरी तरफ़ होतीं तो शायद मैं इतना भयभीत न होता, उसकी निगाहें उस बिल्ली पर जमी हुई थीं और वह उस पर लपकने ही वाला था। लेकिन इससे पहले कि बिल्ली को वह दबोच लेता, मैंने लपककर बिल्ली को दाएँ हाथ में उठा लिया। कुत्ते ने भी तुरन्त पैतरा बदला और अब बिल्ली की बजाय मैं उसके निशाने पर था। उसकी भयंकर ग़ुस्से से भरी गुर्राहट और पैने दाँतों से बचने का सिर्फ़ एक ही उपाय था। मैंने नीचे झुककर ईंट का एक अद्धा उठा लिया। वह दो-तीन क़दम पीछे हट गया, लेकिन उसकी गुर्राहट और बढ़ गई और दाँत पहले से भी ज़्यादा ख़तरनाक ढंग से जबड़े से बाहर आ गए। जब मैंने निशाना ताककर उस पर वार किया तो पहले तो वह कूल्हे के बल गिर गया और कूल्हे में लगी करारी चोट के कारण दर्द से कराहने लगा, लेकिन फिर वह लँगड़ाते हुए धीरे-धीरे पीछे हटने लगा। कुछ देर कराहने के बाद वह फिर ज़ोर-ज़ोर से भौंकने लगा और इस बार की उसकी आवाज़ में भयंकर धमकी थी।

मैंने तो उसकी धमकियों को नज़रन्दाज़ कर दिया, लेकिन उस बिल्ली की बच्ची को बर्दाश्त नहीं हुआ। वह ज़ोर से गुर्राई... इतने फोर्स के साथ कि मेरे हाथ की पकड़ ढीली पड़ गई, वह कूदकर नीचे सड़क पर आई और अपनी दुम उठाकर कुत्ते की तरफ़ बढ़ी। कुत्ता एकदम चकित रह गया। वह एक बार फिर गुर्राई... वह इतनी उत्तेजित थी कि अगर मौत भी उसके सामने खड़ी होती तो वह भी काँप जाती। इसलिए नहीं कि वह ताक़तवर थी, इसलिए कि वह बेहद कमज़ोर थी और इतनी कमज़ोरी के बावजूद मौत को ललकार रही थी–इतनी भीषण आवाज़ में, कि ख़ौफ़नाक भी ख़ौफ़जदा हो जाए। सिर्फ़ ताक़त ही नहीं, कभी-कभी कमज़ोरी भी भय पैदा कर सकती है, ये मैंने पहली बार देखा।

जब कुत्ता चला गया तो मैंने नीचे नज़रें झुकाईं। अब वह मुझे देख रही थी। इस गली में लाकर मैंने उसके साथ जो विश्वासघात किया था, उसके बाद मुझे उम्मीद थी कि उसकी आँखों में मेरे लिए नफ़रत उभर आएगी। लेकिन नफ़रत तो दूर, उसकी आँखों में कोई शिकायत भी नहीं थी।

"चलो अब यहाँ से... खड़े-खड़े मुँह क्या देख रहे हो!" उसने अपनी गर्दन मोड़ी और मेरे आगे-आगे चलने लगी।

मैं अपनी जगह खड़ा रह गया, एक ऐसी हालत में, जब क़दम उठाए नहीं उठते। कुछ देर बाद उसने मुड़कर मुझे देखा, फिर दो क़दम मेरी तरफ़ बढ़ाए, "अरे चलो भई... डरो मत, मैं तुम्हारे साथ हूँ।"

मैंने देखा, उसके चेहरे पर सचमुच ज़िम्मेदारी का भाव था। उसके इस अन्दाज़ से पहले तो मैं शर्मसार हो गया, फिर मैं खीज उठा और पैर पटक-पटककर चलने लगा। क्या मैं इतना नाचीज़ हूँ कि अपने घर तक पहुँचने के लिए मुझे इस बित्ते-भर की बिल्ली का सहारा लेना पड़े? मैं अन्दर ही अन्दर एक अव्यक्त चिड़चिड़ाहट से भर उठा। घर पहुँचने तक न तो मैं एक बार भी रुका, न मुड़कर देखा कि वह कहाँ है। घर में घुसते ही मैंने दरवाज़ा बन्द कर दिया। बाथरूम में जाकर मैंने गन्दे कपड़े उतारे, नहाने के बाद धुले हुए कपड़े पहने और बिस्तर में घुस गया। नाली में गिरने से जो चोट और खरोंच लगी थी, वह अब अपना असर दिखा रही थी, लेकिन अपने दर्द को मैं इसलिए ज़ब्त कर गया क्योंकि मुझे बार-बार यह लग रहा था कि बिल्ली दरवाज़े के बाहर बैठी है और अपनी कातर आवाज़ में मुझे पुकार रही है।

सुबह मैं देर से उठा। मुझे आश्चर्य हुआ कि माँ ने मुझे उठाया क्यों नहीं। आम दिनों में मेरे उठने से पहले ही माँ की झिड़कियाँ शुरू हो जाती थीं। वह लगातार मुझे डाँटती-फटकारती रहती थीं और मुझे किसी न किसी काम में लगाए रखने के फ़िराक़ में रहती थीं, ताकि मैं बिगड़ न जाऊँ। मैं भी जान-बूझकर ऐसी हरकतें किया करता था कि माँ को यह भ्रम बना रहे कि मैं बिगड़ गया हूँ। लेकिन वे हरकतें सिर्फ़ माँ को भ्रमित करने के लिए होती थीं, ताकि मेरी असली करतूतों पर उनकी नज़र न पड़े। वैसे भी एक आज्ञाकारी होनहार बेटे से कोई माँ उतनी ख़ुश नहीं होती, जितना उसे अपने बिगड़े हुए बेटे को सुधारने में सुख मिलता है।

मैं जब कमरे से बाहर आया तो माँ घर में नहीं थीं। न वह रसोई में दिखाई दीं, न बैठक में। जब ढूँढ़ते हुए बाहर आया तो वह बर्तन-कपड़े धोने की मोरी

के पास बैठी थीं और गुनगुने पानी से बिल्ली को नहला रही थीं।

"अरे! ये बिल्ली कहाँ से आ गई?" मैंने अनजान बनते हुए पूछा।

"पता नहीं रे कहाँ से आई है!" माँ ने उसे प्यार से निहारते हुए कहा, "सुबह जब मैं उठी तो ये घर के दरवाज़े पर ज़ोर-ज़ोर से पंजे मार रही थी।"

मैंने देखा, दरवाज़े के दोनों पल्लों पर नाख़ून की खरोंच के गहरे निशान थे।

इतनी ताक़त! मैं सन्न रह गया।

नहलाने के बाद माँ उसके शरीर को नैपकिन से पोंछने लगीं।

"...लेकिन ये हमारे ही घर के दरवाज़े पर क्यों पंजे मार रही थी? इसे कोई और घर नहीं मिला?"

"क्या पता?" माँ ने उसके सिर को सहलाते हुए कहा, "पिछले जन्म की कोई लेन-देन बाक़ी होगी, इसीलिए हमारे घर आई है।"

'पिछला जन्म' मेरे लिए एक ऐसी सुरक्षित ज़मीन थी, जहाँ मैं निश्चिन्त होकर साँस ले सकता था। मेरी बहुत-सी बेरहम बदमाशियाँ और माँ की बहुत-सी बीमारियाँ माँ की सोच के मुताबिक माँ के किसी पिछले जन्म के कर्मों का फल हैं। हालाँकि न तो मैं बदमाश था, न माँ बीमार। माँ इसलिए बीमार पड़ती थीं कि मैं उन पर तरस खाकर उनकी सब बातें मान लूँ और मैं इसलिए बदमाशी का ढोंग करता था, कि कहीं माँ सचमुच बीमार न पड़ जाएँ। अगर मैं उन्हें सताना बन्द कर दूँगा तो उनका जीवन नीरस हो जाएगा और वह बीमार पड़ जाएगी।

बिल्ली को अच्छी तरह पोंछने के बाद माँ उसे रसोई में ले गईं और एक कटोरा दूध उसके सामने रख दिया। वह भूख और ठंड से काँप रही थी।

"हाय राम, बिचारी कितनी कमज़ोर है!" माँ ने तरस खाते हुए ममतालु लहज़े में कहा और ज़मीन पर बैठकर उसे अपनी गोद में लेकर चम्मच से दूध पिलाने लगीं। मैं सोच में पड़ गया कि क्या यह वही जालिम औरत है, जो घर में घुस आनेवालीं अन्य बिल्लियों को चिमटा और बेलन फेंककर मार भागती थी? फिर अचानक एक ही दिन में ये हृदय परिवर्तन कैसे हो गया? इस बिल्ली की बच्ची ने ऐसा क्या जादू कर दिया माँ पर? दूध पीती बिल्ली के परम सुख

में डूबे हुए चेहरे और माँ के चेहरे के स्नेह भाव को देखकर मुझे लगा कि कहीं यह सचमुच कोई पिछले जन्म का लोचा तो नहीं है?

ख़ैर, मुझे क्या लेना-देना है इनसे, ये तो और भी अच्छा है कि ये दोनों आपस में लगी रहें। माँ का ध्यान किसी और चीज़ में लगा रहे तो इसमें मेरा ही फ़ायदा है। मुझे तो बिल्ली और माँ, दोनों से एक साथ छुटकारा मिल जाएगा। मैं मन ही मन मुस्कराया। मेरी इस मुस्कराहट को माँ तो नहीं देख पाईं पर बिल्ली ने देख लिया। जैसे ही उसकी नज़र मेरे चेहरे पर पड़ी, उसके कान खड़े हो गए। वह माँ की गोद से उतर गई और सन्देह-भरी नज़रों से मुझे देखने लगी। शायद उसने ताड़ लिया था कि मैं क्या सोच रहा हूँ!

कुछ देर बाद माँ रसोई के काम में लग गईं और मैं नहाने चला गया। जब मैं नहाकर आया तो देखा, वह बिल्ली घर की सभी गतिविधियों को उत्सुकता से देख रही थी और सिर्फ़ देख ही नहीं रही थी, बल्कि उसके चेहरे के भाव से लग रहा था जैसे वह माँ के हर काम में हाथ बँटाने के लिए उत्सुक है। उसकी नज़रें माँ के फुर्तीले हाथों पर टिकी थीं और उसकी आँखों की पुतलियाँ उतनी ही तेज़ी से इधर-उधर घूम रही थीं, जितनी तेज़ी से माँ के हाथ।

नाश्ता करने के बाद मैं दुकान जाने के लिए जैसे ही उठा, वह भी उठ खड़ी हुई और मेरे पीछे-पीछे आने लगी। मैंने जैसे ही घर से बाहर जाने के लिए दहलीज से पैर बाहर निकाला, वह दौड़कर घर से बाहर आ गई। माँ पीछे से चिल्लाती ही रह गईं। पहले वह बिल्ली को डाँटती रहीं, जो उनके मना करने के बावजूद घर से बाहर निकल भागी थी। बिल्ली ने जब उनकी एक न सुनी, तो वह मुझे ज़ोर-ज़ोर से चिल्लाकर चेतावनी देने लगीं कि उसका ध्यान रखना और उसे कुछ हो गया तो तेरी चमड़ी उधेड़ डालूँगी...

'बाप रे!' ये बिल्ली तो अभी से डबल गेम खेल रही है! मुझे लगा कि आगे ज़रूर कोई खेल होने वाला है।

सँकरी घरेलू गलियों से बाहर निकलकर जब मैं बाजार की सड़क पर आया तो भीड़-भाड़ और शोर-शराबे से वह परेशान हो गई। आते-जाते तेज़ रफ़्तार वाहनों से बचने के लिए वह इधर-उधर उछलती रही, लेकिन हर तरह

की परेशानियों के बावजूद उसने मेरा पीछा नहीं छोड़ा। मुझे उम्मीद थी कि इन परेशानियों से उकताकर वह या तो ख़ुद ही कहीं चली जाएगी या उसके ऊपर कोई ऐसी मुसीबत आ जाएगी कि वह मुझे छोड़कर भाग जाएगी।

अब मेरी दुकान ज़्यादा दूर नहीं रह गई थी। बस कुछ ही देर की बात है, दुकान पहुँचने के बाद मेरी ज़िम्मेदारी ख़त्म। अगर वह दुकान में घुसने की कोशिश करेगी तो वो जाने और पिताजी जानें। पिताजी अपनी दुकान की मिठाइयों पर मँडराने वाली हड़पखोरों की लालच से निपटना अच्छी तरह जानते हैं। वे कुत्तों-मक्खियों और गाय-बकरियों से तो चिढ़ते ही हैं, बिल्लियों से ख़ास तरह की खुन्नस रखते हैं। क्योंकि वे रात के अँधेरे में पता नहीं कहाँ से दबे पाँव घुस आती हैं और दही-रबड़ी के कुल्हड़ों में मुँह मार जाती हैं।

मैं जब दुकान तक पहुँचा तो मैंने मुड़कर देखा, बिल्ली चलते-चलते रुक गई थी और संशय-भरी नज़रों से मुझे देखने लगी। कुछ देर के लिए मैं सोच में पड़ गया कि अब क्या करूँ? एक तरफ़ माँ की धमकी थी कि उसे कुछ होना नहीं चाहिए और दूसरी तरफ़ पिताजी का डंडा, जिसकी सख़्त बेरहमी का स्वाद कई गाय-कुत्ते और साँड़ चख चुके थे।

मेरी इस दुविधा को समझने में बिल्ली को ज़्यादा वक़्त नहीं लगा। उसकी नज़रों में पहले संशय की जगह सतर्कता का भाव आया। फिर वह पिताजी की तरफ़ देखने लगी, जो जलेबी बनाने में मगन थे। बारी-बारी से मेरा और पिताजी का चेहरा कुछ देर तक पढ़ने के बाद उसने कुछ तय किया और भट्ठी के पास आकर बैठ गई।

पिताजी का जलेबी की तवी पर गोल-गोल घूमता हाथ रुक गया, वे बड़े ग़ौर से उस बिल्ली की बच्ची को देखने लगे। वह इतनी छोटी और इतनी मासूम थी और पिताजी को देखकर उसने इतनी कोमल और मधुर आवाज़ में अभिवादन किया, कि पिताजी के चेहरे पर मुस्कराहट आ गई, "आओ-आओ... माताजी पधारो...।"

मैं यह देखकर दंग रह गया कि पिताजी के चेहरे पर वाक़ई एक पैतृक स्नेह-भाव था, और ये सिर्फ़ दिखावा नहीं था। मैं अच्छी तरह जानता हूँ कि

पिताजी उन लोगों में से नहीं थे जो अन्दर से कुछ और होते हैं और बाहर से कुछ और दिखाई देते हैं।

"ये माताजी हमारे घर में पहले ही पधार चुकी हैं।" मैंने आगे बढ़कर कहा। पिताजी की ख़ुशमिज़ाजी को देखकर मेरा हौसला बढ़ गया था, "ये घर से ही मेरे पीछे-पीछे यहाँ आई है, माँ ने इसे नहलाया और गोद में बैठाकर दूध भी पिलाया।"

"अच्छा... तो ये तेरी माँ की सगी है! तब तो इसे तेरा बाप भी नहीं रोक सकता।"

इतना सुनना था कि बिल्ली खड़ी हो गई और अपनी दुम गर्व से उठाकर दुकान में चहलक़दमी करने लगी। उसके चलने का अन्दाज़ कुछ ऐसा था, जैसे वह दुकान में फैली अव्यवस्था और लापरवाहियों का निरीक्षण कर रही हो।

मैं और पिताजी दिन-भर काम में इतने व्यस्त रहते थे कि हमें साफ़-सफ़ाई और रख-रखाव का समय ही नहीं मिलता था। बहुत-सी अगड़म-बगड़म चीज़ें जो कबाड़ में बेचे जाने या फेंके जाने के इन्तज़ार में पड़ी थीं, उसने उस कबाड़ के ढेर के अन्दर घुसकर उन्हें न केवल उलट-पुलट डाला, बल्कि ज़मीन को भी कुरेदना शुरू कर दिया। उसके इस अचानक हमले से बोसीदा चीज़ों के ढेर के नीचे छिपे तिलचट्टे, चूहे और कीड़े-मकोड़े भाग निकले, लेकिन उसने किसी को भी दुकान के किसी दूसरे ठिकाने में छुपने का मौक़ा नहीं दिया, वह उन्हें दुकान से बाहर खदेड़ने में लगी रही।

मैं भी दिन-भर अपने काम में व्यस्त रहा, पिताजी ने कोई नौकर नहीं रखा था, वे मुझे काम सिखा रहे थे। दुकान की भट्ठी दिन-भर सुलगती रहती थी और मुझे एक के बाद एक बननेवाली चीज़ों की तैयारी करनी पड़ती थी। मैंने बिल्ली की ख़ुराफ़ातों से ध्यान हटाकर फटाफट काम निपटाना शुरू कर दिया, क्योंकि शाम को मुझे अपने दोस्तों के साथ होली का चन्दा इकट्ठा करने जाना था। पिताजी माल भी तलते जा रहे थे और ग्राहकी भी निपटाते जा रहे थे। पकौड़े तलकर निकालने के बाद उन्होंने समोसे कड़ाही में छोड़ दिए। ग्राहकों के बीच गरम पकौड़े ख़रीदने की होड़ लगी थी। मैंने कचौड़ी के लिए

मैदा गूँथकर तैयार किया और उसकी लोई काटकर भरावन भरने लगा। ग्राहकी अचानक बढ़ गई थी। माहौल में जैसे ही गहमागहमी बढ़ी, बिल्ली अपना काम छोड़कर पिताजी के पास आ गई। वह ग्राहक और दुकानदार के लेन-देन को देखने लगी, इतने ध्यान से, जैसे उसे सब समझ में आ रहा हो। मुझे हँसी आ गई। पिताजी हिसाब-किताब में इतने कमज़ोर थे कि कई बार लेन-देन में ग़लती कर बैठते थे।

उस दिन के बाद तो यह एक सिलसिला ही बन गया। वह रोज़ मेरे पीछे-पीछे घर से आती थी और शाम को जब दुकान से मुझे छुट्टी मिलती थी, तो वह भी मेरे साथ जाने के लिए तैयार हो जाती थी, जैसे उसकी भी ड्यूटी पूरी हो गई हो। शाम के बाद मेरी दुनिया बदल जाती थी, दोस्ती-यारी, अड्डेबाजी और गैंगबाजी करने का यही वक़्त होता था। हम गिरधर भाई पटेल के तम्बाकू के गोदाम के अहाते में ताश और सिगरेट की महफ़िल जमाते थे या दूसरे मुहल्ले के लौंडों से निपटने की योजना बनाते थे। और ऐसे हरेक मौक़े पर वह बिल्ली हमारे साथ रहती थी, ख़ासतौर पर उस जगह जहाँ विधि-निषेध के नियम तोड़े जाते हैं, या किसी और चीज़ की आड़ में कुछ और होता है।

माँ और पिताजी का मन उसकी लीलाओं और क्रीड़ाओं में लग गया था। माँ तो उसके पीछे पागल हो गई थीं, उन्होंने बिल्ली का नाम बिन्नी रख दिया था और वह दिन-भर बिन्नी-बिन्नी करती रहती थीं। लेकिन उस बिन्नी को असली प्यार तो मुझसे था। वह एक पल के लिए भी मेरा साथ नहीं छोड़ती थी, हमेशा मेरे पीछे लगी रहती थी। मेरे लिए वह जी का जंजाल बन गई थी। सच कहूँ तो मुझे उससे कोई लगाव नहीं था, बल्कि मैं हमेशा उससे कतराता रहता था क्योंकि वह मेरी सभी गुप्त और अंडरग्राउंड कारगुज़ारियों की प्रत्यक्ष गवाह बन गई थी। हालाँकि उसके पास कोई ऐसी क्षमता नहीं थी कि वह मेरे भेद उजागर कर सके या माँ के सामने मेरे ख़िलाफ़ गवाही दे सके, लेकिन यह सच है कि मैं जब भी चोरी-छिपे किसी काम को अंजाम देता था, तब उसकी आँखें बदल जाती थीं। मैं बता नहीं सकता कि उसकी आँखों में उस वक़्त क्या होता था, लेकिन उसका प्रभाव किसी विकिरण से कम नहीं था।

माँ अकसर कहा करती थीं कि मेरी बिन्नी बहुत प्यारी है, बहुत चंचल है और बहुत शर्मीली है, लेकिन माँ ने उसका वो रूप अभी तक नहीं देखा था, जो मैं देख चुका हूँ। माँ की वह बिन्नी मेरे लिए सिर्फ़ बिन्नी नहीं थी। जब से वह आई है, माँ दिन-ब-दिन स्वस्थ और उत्फुल्ल होती जा रही थीं, लेकिन मैं हर वक़्त एक अलग तरह के दबाव में रहता था। पहले मुझे इतना सजग और सतर्क रहने की ज़रूरत नहीं होती थी, लेकिन अब मेरी हर तरह की मनमौजियों और रँगरेलियों पर उस बिल्ली की रहस्यमय आँखों का पहरा रहता था। कुछ ही दिनों में मुझे लगने लगा कि उसकी जान बचाकर मैंने आफ़त मोल ली है।

सबसे बड़ी आफ़त तो ये थी कि उसके आने के बाद दुकान के धन्धे में अचानक ऐसी बढ़ोतरी होने लगी, कि ग्राहकी सँभालना मुश्किल हो जाता था। पिताजी के लिए तो बिल्ली लक्ष्मी का अवतार थी, लेकिन इस लक्ष्मी के कारण दुकान का काम इतना बढ़ गया था कि मुझे अपने दोस्तों से मिलने की फ़ुरसत ही नहीं मिलती थी।

बदले हुए हालात का नतीजा माँ और पिताजी के लिए बहुत फ़ायदेमन्द था लेकिन मैं अपने साथियों से धीरे-धीरे कटने लगा। एक कारण तो यह था कि मुझे फ़ुरसत नहीं मिल रही थी और दूसरा यह कि मेरी सब इच्छाएँ भी सुप्त होती जा रही थीं। पहले मैं अपने दल का अघोषित मुखिया था। मैं जितना दबंग और आक्रामक था, उतना ही घुन्ना और चालबाज भी। मामला चाहे कोई भी हो, मेरे बग़ैर उसका निपटारा नहीं होता था। सिर्फ़ मेरे मुहल्ले में ही नहीं, आसपास के तीन मोहल्लों में मेरी धाक थी। लेकिन अब प्रभाव कम हो रहा था। ब्राह्मणपारा के एक मलय नाम के लड़के ने कुछ ही दिनों में अपनी धाक जमा ली थी, जो मुझसे चार साल बड़ा था। मेरे दल के सभी लड़के अब उसके प्रभाव में थे। जो लड़के कल तक मुझसे डरते थे, अब मेरा मज़ाक उड़ाने लगे थे। पुरु और बउवा, जो पहले मेरे दाएँ और बाएँ हाथ थे, अब मलय के सबसे क़रीबी थे। दुकान से घर जाते समय या घर से दुकान जाते समय वे मुझे अकसर घेर लेते। एक दिन पुरु ने बिन्नी की तरफ़ इशारा करते हुए कहा, "तुम्हारी प्रेमिका का क्या हाल है? दिखने में तो बहुत ख़ूबसूरत है, शादी कब

कर रहे हो उसके साथ? सुहागरात में हमको भी दावत देना।"

उसकी इस बात पर बउवा खिलिखलाकर हँसने लगा। तीर की तरह चुभनेवाले ऐसे मज़ाकों से बचने के लिए पहले तो मैं चुपचाप बिना कुछ कहे आगे निकल जाता था, लेकिन मेरी इस ख़ामोशी को वे मेरी कायरता समझने लगे। फिर एक दिन तो हद हो गई, मलय ने दल के अन्य सदस्यों पर अपनी धाक जमाने के लिए बिन्नी को एक लात मार दी और उसकी इस ग़लती का ख़ामियाज़ा सबको भुगतना पड़ा। मैंने इतनी तेज़ी से और इतने ताबड़तोड़ तरीक़े से सबकी धुनाई की कि किसी को कुछ सोचने का मौक़ा ही नहीं मिला।

फिर मैंने मलय की तरफ़ रुख़ किया। अभी तक मैंने सिर्फ़ नाम सुना था, अब मैं उसके रू-ब-रू था। मैंने सीधे उसकी आँखों में आँखें धँसा दीं, वहाँ मुझे सबसे साफ़ जो चीज़ दिखाई दी, वह थी हवस। सब कुछ हड़प जाने वाली एक ऐसी हवस, जो सिर्फ़ दूसरों का ख़ून पीनेवाले जानवरों की आँखों में होती है। मुझे देखकर वह धीरे से मुस्कराया और तब मैंने देखा, उसके जबड़े में दाईं और बाईं ओर के दोनों दाँत किसी वहशी जानवर की तरह लम्बे और नुकीले थे। बीच के सभी दाँत भी एक-दूसरे से सटे हुए नहीं थे, उनमें गैप थी। कुछ देर बाद उसके चेहरे से मुस्कराहट ग़ायब हो गई, फिर अगले ही पल पिच्च की आवाज़ के साथ उसने अपने ऊपर के दाँतों की गैप से थूक की एक तेज़, ज़हरीली पिचकारी मेरे चेहरे पर मारी। अपने शत्रु को ललकारने का उसका ये अपना ख़ास अन्दाज़ था। और मैंने भी दाएँ हाथ से उसके अंडकोश को भींचकर अपना तरीका बता दिया। वह दर्द से चीख उठा। उसके मुँह से माँ की गाली निकल गई, लेकिन मैंने उसके अंडकोश को तब तक दबोचे रखा जब तक उसका चेहरा पीला नहीं पड़ गया और मुँह से झाग का फिचकुर बाहर न आ गया।

फिर मैंने बिना कुछ कहे, बिना कोई धमकी या चेतावनी दिए एक सरसरी नज़र से सबको देखा और बिन्नी को अपने हाथ में उठाकर वहाँ से चला गया।

घर की तरफ़ लौटते समय मैं बहुत विचलित था। मुझे डर ये नहीं था कि बदला लेने के लिए वे मुझ पर पीठ पीछे वार करेंगे, असली डर ये था कि वे

अब बिन्नी को अपना निशाना बनाएँगे।

घर पहुँचते ही मैं घर के पिछवाड़े में टीन की ढलुवाँ छत वाले उस कमरे में चला गया जिसे सिर्फ़ भंडारण और कबाड़खाने के रूप में उपयोग में लाया जाता था। सीलन और उमस से भरा वह कमरा कई-कई दिनों तक बन्द रहता था। मैंने बिन्नी को वहाँ छोड़ दिया और बाहर से दरवाज़ा बन्द कर दिया, लेकिन अगले ही पल उसने कोहराम मचा दिया। माँ की परवरिश ने उसे इतना ताक़तवर बना दिया था, और वह ख़ुद भी इतनी ज़िद्दी थी कि उसने दरवाज़े को हिलाकर रख दिया। माँ को बिन्नी के प्रति मेरा ये रवैया देखकर ग़ुस्सा आ गया, वह मुझ पर चिल्लाने लगीं, उतनी ही तेज़ आवाज़ में, जितनी तेज़ दरवाज़े के पीछे से बिन्नी की आवाज़ आ रही थी। मैंने माँ को समझाया कि कुछ कुत्ते बिन्नी के पीछे पड़ गए हैं, अगर वह बाहर गई तो कोई भरोसा नहीं कि उसके साथ क्या हो जाए।

माँ को तुरन्त मेरी बात समझ में आ गई, मगर उस बिल्ली की बच्ची को कौन समझाता? वह तो आज़ादी के लिए अपनी जान देने पर तुली थी।

"तू जा अपना काम देख।" माँ ने मुझसे कहा, "मैं बिन्नी को समझा दूँगी।" माँ के चेहरे पर उस वक़्त ऐसा भाव था, जैसे वह कोई बड़ा कर्तव्य निभाने का संकल्प ले रही हों।

माँ ने उसे कैसे समझाया होगा, यह तो मैं नहीं जानता, लेकिन उस दिन के बाद बिन्नी के व्यवहार में एक अनोखा परिवर्तन दिखाई दिया–बन्द कमरे से आज़ाद कर दिए जाने के बावजूद उसने मेरे साथ बाहर आना छोड़ दिया। यह माँ के समझाने का असर था या वह मुझसे रूठ गई थी? बात चाहे जो हो, लेकिन अब उसने मेरा पीछा करना तो दूर, मेरे पास आना भी छोड़ दिया, बल्कि जब मैं घर आता था तो वह ऐसे कतराकर निकल जाती थी जैसे उसने मुझे पहचाना ही न हो।

कुछ दिनों पहले मैं उसके पिछलग्गूपन से परेशान था और अब उसकी बेरुख़ी मुझसे सहन नहीं हो रही थी। फिर भी उसे पुचकारना और मनाना मुझे बेतुका लगा। और वैसे भी मुझे मालूम था कि मेरे ऐसे किसी भी प्रयास का क्या

अंजाम होगा! इसलिए उसके सामने किसी तरह की कमज़ोरी प्रकट करने की बजाय मैंने उसके चेहरे के संकेत तलाशने की कोशिश शुरू कर दी। उसकी आँखों में जो कुछ अभिव्यक्त हो रहा था, वह तीव्र भावावेश था। साफ़ ज़ाहिर हो रहा था कि मैंने उसे जिस इरादे से कमरे में बन्द करने की कोशिश की थी, उसे उसने किसी और नज़रिए से देखा था, उसे शायद यह लग रहा था कि मैं उससे पीछा छुड़ाने या उससे कुछ छुपाने की कोशिश कर रहा हूँ।

मैंने कोई सफ़ाई नहीं दी। एक-न-एक दिन उसे ख़ुद यह मालूम हो जाएगा कि मेरा इरादा क्या था, और यह भी, कि मैंने बुराई का रास्ता छोड़ दिया है।

जब मैं यह सब सोच रहा था, तब मुझे मालूम नहीं था कि हिंसा और क्रूरता के खेल में जो एक बार पड़ जाता है, वह उस खेल से कभी बाहर नहीं निकल पाता। बुराई का रास्ता छोड़ देने पर यह ज़रूरी नहीं है कि बुराई भी पीछा छोड़ दे। कुछ पुराने घाव कभी नहीं सूखते, वे अपना काम करते रहते हैं। उन घावों का एक ही मक़सद होता है–प्रतिहिंसा।

अपने पुराने साथियों से मेरी जो झड़प हुई थी, उसके बाद मैंने उनसे मिलना छोड़ दिया। होली नज़दीक आ रही थी, लेकिन अपनी टोली से मैं बाहर था। अब उस टोली ने, जिसका मुखिया मलय था, शहर में उत्पात मचा रखा था। वे दुकानदारों से मनमाना चन्दा वसूल कर रहे थे और उनकी मुराद पूरी न होने पर बदतमीजी और ज़बरदस्ती कर रहे थे।

होली के दिन मलय मेरी दुकान के सामने आकर खड़ा हो गया, अपने दल-बल के साथ। सबके सब पिए हुए थे।

"क्या चाहिए?" पिताजी ने सभी को एक नज़र देखने के बाद मलय से पूछा।

"हम चन्दा लेने आए हैं।" मलय ने दाएँ हाथ की तर्जनी से अँगूठे को रगड़ते हुए नोट गिनने का प्रतीकात्मक इशारा किया।

पिताजी ने गल्ले से दस-दस के कुछ नोट निकालकर उन्हें गिनने के बाद मलय की तरफ़ हाथ बढ़ा दिया। मलय ने नोट हाथ से लेकर उन्हें अपनी मुट्ठी में मसलकर वापस पिताजी के चेहरे पर फेंक दिया, "हम लोगों को क्या

भिखारी समझ रखा है?"

पिताजी अवाक् रह गए। उनके साथ ऐसा व्यवहार पहले किसी ने नहीं किया था। मलय ने उन्हें धक्का देकर गल्ले से हटाया और सीधे गल्ले में हाथ डाल दिया।

"ये कौन-सा तरीका है चन्दा लेने का?" पिताजी ने आवेश में आकर मलय का हाथ पकड़ लिया जिसमें सौ-सौ के नोट थे, "तुम लोग चन्दा लेने आए हो या लूट-मार करने...?"

इतना सुनते ही मलय ने शो-केश के ऊपर पड़ी जलेबी की परात सड़क पर फेंक दी, शो-केश में लात मारकर काँच फोड़ दिया। मैं अपने हाथ का काम छोड़कर बाहर आया, लेकिन पुरु और बउवा ने मुझे पीछे से पकड़ लिया। मलय ने मेरी तरफ़ देखा, फिर मेरे पास आकर मेरे चेहरे पर थूक की पिचकारी मारी और दुकान के अन्दर घुसकर पिताजी के कुर्ते का दामन पकड़कर उन्हें खींचते हुए दुकान से बाहर सड़क पर ले आया। फिर उसके बाद जो हुआ, उसे देखकर मैंने अपनी आँखें बन्द कर लीं।

और उस दिन के बाद मैंने दुनिया की तमाम दूसरी चीज़ों से नाता तोड़ लिया। मैंने अभी अपनी किशोरावस्था पार नहीं की थी और मेरे खेलने-खाने के दिन अभी बाक़ी थे, लेकिन मैं यह महसूस कर रहा था कि मेरे यौवन पर कुछ दूसरे ठोस प्रभाव तेज़ी से अपना असर दिखा रहे थे।

यह मेरे जीवन का एक ऐसा दौर था जिसे समझना या समझा पाना मेरे लिए कठिन है। मैं बदल रहा था। मेरे आसपास का भी सब कुछ बदल रहा था। जिस मन्थर गति से पहले सारे काम-काज चलते रहते थे, उसमें तेज़ी आने लगी। लोगों ने समय की रफ़्तार के साथ चलने के लिए कई तरह की उठा-पटक शुरू कर दी। हमारा क़स्बा अब शहर में बदल रहा था, जिसका सीधा असर क़स्बे की घनी आबादी पर पड़ा। सड़कों और गलियों का चौड़ीकरण शुरू हुआ तो कई दुकानों और मकानों की शक्लें बदल गईं। सबसे ज़्यादा परेशानी उन्हें हुई जो किराएदार थे। हमारी दुकान किराए की थी और घर भी। इस अफ़रा-तफ़री में हमें घर भी बदलना पड़ा और दुकान भी।

मैंने दुकान का सामान एक दिन पहले ही नई दुकान में पहुँचा दिया था। पिताजी नई दुकान में भट्ठी बनाने में लगे हुए थे और माँ नए घर की साफ़-सफ़ाई में लगी थीं। मैं अपना पुराना घर ख़ाली करने में लगा था। मैंने सामानों को दो अलग-अलग ठेलों में लदवा दिया। जब मैं वहाँ से जा रहा था तो कुछ पड़ोसियों की आँखें भर गईं, लेकिन कुछ आँखें ऐसी भी थीं जिसमें उपहास का भाव था। उन आँखों में मलय की नशे में डूबी आँखें भी शामिल थीं। एक ठेला तो धड़धड़ाते हुए आगे निकल गया, लेकिन दूसरे ठेले में थोड़ा वजनदार सामान था। मैं पीछे से ठेले को धकेल रहा था। ठेलेवाला हम्माल थोड़ा बूढ़ा और कमज़ोर था। गली से बाहर निकलकर हम जब सड़क पर आए तो चढ़ाई चढ़ने में ख़ासी दिक़्क़त आ रही थी। ऐसे में कुछ हाथ मदद के लिए आगे बढ़े। ठेले की चौखट के पिछले हिस्से में जहाँ मेरे हाथ थे, उसके ठीक पास पहले मलय के दो हाथ दिखाई दिए, जिसमें ब्लेड से लगाए गए चीरे के कई पुराने निशान थे। उसके बाद पुरु और बउवा के हाथ भी शामिल हो गए। वे हाथ आपस में कोई गुप्त साज़िश कर चुके थे। ठेले को हाँकना सिर्फ़ एक दिखावा था, उनकी आँखों में हरामीपन भरा हुआ था। अबसे पहले मलय ने फब्ती कसी, "क्यों हमारे इलाक़े को छोड़कर कहाँ अपनी गाँड़ मरवाने जा रहे हो?"

मैंने कोई जवाब नहीं दिया। जब कोई बड़ी ज़िम्मेदारी आपके सिर पर लदी हो तो आप किसी से तक़रार नहीं कर सकते।

"तेरी बिल्ली कहीं नज़र नहीं आ रही है! क्या वो तेरे को छोड़ के किसी दूसरे के साथ भाग गई?" मलय ने फिर मुझे छेड़ा। वह इस फ़िराक़ में था कि मैं कुछ कहूँ और वह मुझ पर टूट पड़े। लेकिन मैं चुप रहा और बिन्नी के बारे में सोचने लगा। घर का सामान उठाने-धरने की व्यस्तता के कारण मेरा उसकी तरफ़ बिलकुल ध्यान नहीं था, मुझे लगा कि माँ उसे अपने साथ ले गई होंगी।

"फ़िकर मत कर बेटा... वो हमारे पास है। हम उसका पूरा ध्यान रखेंगे...।"

मैंने आँखें तरेरकर मलय की ओर देखा। उसका चेहरा भयंकर अश्लील हरामीपन से भरा हुआ था।

"इसका अंजाम अच्छा नहीं होगा।" मैंने उसके कान के पास अपना मुँह ले जाकर कहा।

"अच्छा... क्या कर लेगा बे तू?" उसने मेरा कॉलर पकड़ लिया। हमारा ठेला चढ़ाई के सबसे कठिन मोड़ पर था और उन मददगारों ने एक साथ अपने हाथ खींच लिए। सिर्फ़ इतना ही नहीं, उन्होंने ठेलेवाले को भी धक्का मार दिया और ठेले को ढलान की तरफ़ धकेल दिया। ठेला बहुत तेज़ी से धड़धड़ाते हुए लुढ़कने लगा और घर का सामान सड़क पर गिरने लगा। एक साइकिलवाले, एक स्कूटर और एक रिक्शे से टकराने के बाद सड़क पर ज़मीन में सजी सब्ज़ी की दुकान को रौंदते हुए ठेला एक किराने की दुकान में जा घुसा।

बौखलाए हुए लोगों ने आव देखा न ताव और सीधे ठेलेवाले हम्माल की पिटाई शुरू कर दी। मैंने बीच-बचाव की बहुत कोशिश की, लेकिन भीड़ का कोई विवेक नहीं होता। भीड़ जब कुछ कर गुज़रने पर आमादा हो तो उसे रोकना मुश्किल होता है।

जब तूफान गुज़र गया तो ठेलेवाला हम्माल बीच सड़क पर रो रहा था। उसके मटमैले चेहरे पर आँसू और ख़ून कीचड़ की तरह फैल गए थे। मैंने उसे सहारा देकर उठाया, फिर कुछ राहगीरों ने रुककर उसके कन्धे और पीठ पर हाथ रखकर उसे हौसला दिया और घर के बिखरे हुए सामान को समेटने और उसे फिर से ठेले पर लादने में मदद करने लगे। घर की कई चीज़ें टूट-फूट गई थीं। दाल-चावल और आटे के कनस्तर औंधे पड़े थे। माँ का सिंगारदान उसकी चूड़ियाँ-कंगन, उसका चूल्हा-तवा, बेलन-चकला और चिमटा, कटोरियाँ और चम्मचें... ये सब चीज़ें जो सरेआम अपमानित हुई थीं, मुझे बदले के लिए उकसा रही थीं। लेकिन इन सब चीज़ों के बीच मुझे बिन्नी का चेहरा दिखाई दे रहा था, जो अब उनके क़ब्ज़े में थी।

जब मैं और ठेलेवाला हम्माल शहर से दूर एक पिछड़े इलाक़े की तरफ़ जानेवाली सड़क पर पँहुचे, तब सड़क सुनसान थी। ठेले का एक पहिया घायल हो गया था, इसलिए ठेला लँगड़ाकर चल रहा था। उसकी लँगड़ाती चाल से एक अजीब-सी कातर और कराहती आवाज़ सुनाई दे रही थी। उस

चरमराहट से मेरे भीतर भी कुछ चरमराने लगा था, लेकिन मैंने मुट्ठी भींच ली और ख़ुद को चरमराने से रोके रखा।

जिस नए इलाक़े में पिताजी ने दुकान किराए से ली थी, उसे दुकान कहने की बजाय टपरी कहना ज़्यादा ठीक रहेगा और उस टपरी से थोड़ी दूर जो घर किराए पर लिया था, उसे भी घर कहने की बाजाय झोंपड़ी कहा जा सकता है। वह गाँव और शहर के संगम पर स्थित एक ऐसा चौक था, जिसकी एक तरफ़ देशी दारू की दुकान थी, दूसरी तरफ़ दिहाड़ी पर जाने वाले मजदूरों का ठीहा था। सड़क पर कुछ फल-सब्जी और मछली बेचनेवाले भी बैठते थे। एक बस स्टॉप भी था, जिसके शेड के नीचे यात्री कम, मवाली ज़्यादा नज़र आते थे।

वहाँ दर्जनों ऐसे आदमी दिखाई देते थे, जिनके हाव-भाव खिन्न थे, दाढ़ियाँ बढ़ी हुई थीं, धूप से चेहरे तपकर काले पड़ गए थे और आँखें हमेशा लाल रहती थीं। उनमें से कुछ हट्टे-कट्टे और दबंग थे और कुछ थके-हारे फटीचर। वे सड़क किनारे पेड़ के नीचे बैठकर गाँजा पीते थे और दिन-भर ताश खेलते थे। उनमें से अधिकांश निठल्ले थे और उनकी औरतें मेहनत-मजदूरी से घर चलाती थीं। कई बार वे उन्हें मार-पीटकर उनकी मजदूरी भी उनसे छीन लेते थे। वे कई घिनौनी करतूतों में लिप्त रहते थे और मारपीट, गाली-गलौच या छीना-झपटी करते रहते थे। उनके चेहरे वहशियों-जैसे हो जाते थे। लेकिन कुछ ऐसे भी थे जो छीनने और लड़ने में असमर्थ हो गए थे। वे दिन-भर कहीं से कुछ चुरा लेने या किसी से कुछ माँगते रहने में अपना दिन गुज़ारते थे। उस जमघट में चाहे जितना वहशीपन और भोंडापन था, लेकिन ये उनका नेचर था, उसके पीछे कोई कमीनापन नहीं था। वे आपस में उलझ जाते थे, लेकिन दूसरे दिन सब भूल जाते थे। उनमें से किसी के चेहरे पर न तो अपने किए का कोई पछतावा होता था, न ही किसी दूसरे के लिए कोई बदले की भावना। सबसे बड़ी बात तो ये थी कि इतने घमासान के बावजूद उनके बीच कोई गुटबाजी नहीं थी, वे धूर्त और चालाक नहीं थे।

ठीहे पर दिहाड़ी के काम के लिए आनेवाली मजदूर औरतें भी कुछ कम नहीं थीं। उन्हें भी दो-दो हाथ करने, गन्दी गलियाँ बकने और खैनी-गुटका खाने

की आदत थी। उनका भी कई-कई मर्दों से सिलसिला चलता रहता था, लेकिन वे वेश्या या धन्धेबाज नहीं थीं और वे किसी तरह की लालच के लिए नहीं, सिर्फ़ मौज-मस्ती के लिए इत-उत करती थीं। उन्हें मर्दों को फाँसने में उतना मज़ा नहीं आता था जितना उन्हें आपस में लड़वाने में। अपने चाहनेवालों को वे जब तक आपस में लड़वा नहीं देती थीं, तब तक उनका जी नहीं भरता था।

मुझे बहुत ज़ल्द समझ में आ गया कि मैंने जिस नए जीवन-वृत्त में प्रवेश किया है, वह बहुत खुरदरा और तपा हुआ है। उसमें किसी तरह का कोई बाँकपन, किसी तरह की कोमलता या किसी तरह की पवित्रता और सदाचार नहीं है। ...लेकिन मैं यहाँ मानव मन की झलकियाँ देखने नहीं आया था, मुझे उनके बीच रहते हुए अपने घर-बार और रोज़गार का सिलसिला चलाना था। मैंने उस नए माहौल में ख़ुद को पूरा डुबो दिया। अपने काम-काज में, भीड़-भाड़ में और आए दिन होनेवाली झंझटों में मैं इसलिए उलझा रहता था, ताकि बिन्नी की याद न आए। उसके साथ जो हुआ था, और उसे अन्तिम बार मैंने जिस रूप में देखा था, उसे याद करते ही मैं भयानक पीड़ा और उतनी ही विषैली प्रतिहिंसा से भर उठता हूँ।

बिन्नी की पिछली टाँगों को तोड़ दिया गया था और उसकी योनि में एक मोटा खिल्ला घुसाकर उसे मेरी दुकान के पास छोड़ दिया गया था... और वह अपनी नाकाम टाँगों को घसीटते हुए चौक तक चली आई थी... उसे उस हालत में देखने के बाद मैं पत्थर की मूर्ति की तरह खड़ा रह गया, मैं रो नहीं सका। कोई चीज़ मेरे गले में फँस गई और लगभग पन्द्रह दिनों तक उस सदमे के कारण मेरे मुँह से एक शब्द नहीं निकला। काश मैंने सिर्फ़ बिन्नी की टूटी हुई टाँगों को देखा होता, उसके चेहरे को न देखा होता। मैं जब तक जीवित रहूँगा, उस चेहरे को नहीं भूल पाऊँगा।

उस दिन के बाद कई दिनों तक मेरा मन खिन्न रहा। सब कुछ बहुत बुरी तरह से उलझ गया था। एक तरफ़ बेहद कोमल और करुण भाव थे, दूसरी तरफ़ सब कुछ तहस-नहस कर देने वाली नफ़रत... ये सच है कि नियति ने बिन्नी को मेरे पास भेजा था, लेकिन मैंने उसे नियति के पास वापस नहीं भेजा

था। मैंने यह फ़ैसला कर लिया था कि मैं उसे भाग्य के भरोसे नहीं छोड़ूँगा और मैंने उसे सही-सलामत वापस लाने के लिए कोई कसर नहीं छोड़ी थी। लेकिन अपने प्रयासों में बिलकुल अकेला था। बिन्नी का पता लगाने में किसी ने मेरा साथ नहीं दिया। आख़िर उन हरामजादों ने वही किया जो वे करना चाहते थे।

पन्द्रह दिनों तक मैं शोक में डूबा रहा, लेकिन उसके बाद मेरे अन्दर एक बड़ा बदलाव आया। अब मैं यह बिलकुल ज़ाहिर नहीं होने देता हूँ कि मैं क्या महसूस कर रहा हूँ, मेरे दिमाग़ में क्या चल रहा है और मैं क्या करने वाला हूँ। मैंने बाक़ायदा अभ्यास किया और कठिन तप से ये हुनर सीखा, और अब स्वाभाविक रूप से चेहरे पर आनेवाले भावों की बजाय उससे ठीक विपरीत भाव अपने चेहरे पर लाने में मैं सक्षम हो गया हूँ। बिन्नी होती तो तुरन्त ताड़ जाती कि मैं क्या सोच रहा हूँ और क्या करने जा रहा हूँ...। लेकिन अब वह इस दुनिया में नहीं है... अब मेरे अलावा कोई नहीं जानता कि मैं कौन हूँ। मेरे व्यवहार में दिखाई देने वाली विनम्रता और सहयोग भाव की आड़ में मेरी असलियत क्या है।

दुकानदारी को पटरी में लाने में भी मेरे इस बदले हुए रूप का बहुत बड़ा योगदान था। और जब ग्राहकी का सिलसिला चल निकला, मैंने दुकान के काम से समय निकालकर फिर से शहर के उन इलाकों में जाना शुरू कर दिया, जहाँ मेरे पुराने दोस्त (अब दुश्मन) रहते थे। तम्बाकू का वह गोदाम अब सिर्फ़ ताश और सिगरेट के अड्डे तक सीमित नहीं रह गया था, वहाँ कई बड़े कांड होने लगे थे। गोदाम का एक हिस्सा इतना जर्जर हो गया था कि वहाँ कुछ भी नहीं रखा जाता था। पलस्तर उधड़े फ़र्श पर चारों तरफ़ सिगरेट के टुर्रे, गुटके के पाउच, देशी और अंग्रेज़ी शराब के पव्वे और इस्तेमाल किए गए कंडोम बिखरे पड़े रहते थे।

कई दिनों बाद जब एक दिन मैं उस गोदाम में गया तो वहाँ मेरे पुनरागमन को बहुत हेय दृष्टि से देखा गया। मेरे साथ बहुत अपमानजनक व्यवहार हुआ, मुझे गाँडू की उपाधि दी गई, मुझे ख़ुद अपना ही थूक चाटने को कहा गया। मैंने सब कुछ विनम्रतापूर्वक स्वीकार कर लिया। कुछ दिनों बाद मेरे प्रति उनके

व्यवहार में थोड़ा बदलाव हुआ, उसका कारण ये था कि उनकी जेब हमेशा ख़ाली रहती थी और मेरी जेब हमेशा रुपयों से भरी रहती थी। यह जानने के बाद कि कौन-कौन किस लत का शिकार है, मैंने उसी हिसाब से उन पर ख़र्च करना शुरू कर दिया। उसके अलावा मैं यह जानने की भी लगातार कोशिश करता रहता था कि किस-किस नशीले पदार्थ में क्या-क्या मिलाने से उसके कौन-कौन से दुष्प्रभाव होते हैं।

मेरी गुप्त योजनाएँ बिलकुल सही दिशा में क्रियान्वित हो रही थीं और उसके बहुत अच्छे दुष्परिणाम आने शुरू हो गए थे। सबसे पहले मैं मलय के क़रीबी साथियों को ठिकाने लगाना चाहता था, ताकि मलय पूरी तरह मुझ पर निर्भर हो जाए। दो महीने बाद पुरु और बउवा ने वहाँ आना छोड़ दिया, दोनों गम्भीर रूप से बीमार थे। एक को ख़ूनी पेचिश और दूसरे को अल्सर की बीमारी थी।

उनके जाने के बाद कुछ और नए लड़के अड्डे में आने लगे थे। इस तरह के गुप्त अड्डे ख़ुद अपने आपमें किसी संक्रामक बीमारी से कम नहीं होते। नए-नए लड़के संक्रमित होते रहते हैं। लेकिन नए लड़कों पर मैंने कोई ध्यान नहीं दिया। मैं मलय के डोज बढ़ाता गया, उसकी हिंसा और काम-वासना को भड़काए रखने में मैंने कोई कमी नहीं आने दी। पहले मैं उसे चरम पर ले जाना चाहता था और उसके बाद...

लेकिन मेरे इस इरादे के रास्ते में अचानक एक अवरोध आ गया। एक रात जब मैं मलय को नशे की अच्छी ख़ुराक़ देकर लौट रहा था तो किसी ने मेरे कन्धे पर हाथ रखा। मैंने गर्दन घुमाकर और सिर ऊपर उठाकर देखा, जिस लड़के ने मेरे कन्धे पर हाथ रखा था, वह क़द में मुझसे ऊँचा था। उसके बाएँ गाल पर और पेशानी के बीचोबीच पुराने ज़ख़्म का निशान था। मैं पहचान गया–वह मुश्ताक़ था। उसने धीरे से मुस्कराकर अपनी भौंहें ऊपर उठाईं और पूछा, "मुझे जानते हो?"

मैंने कोई जवाब नहीं दिया। मैं उसे अच्छी तरह जानता था, हालाँकि मेरा उससे कोई लेना-देना नहीं था और वह एक दूर के इलाक़े का था। लेकिन

उसका नाम सिर्फ़ अपने इलाक़े तक सीमित नहीं था, पूरे शहर में उसकी धाक थी। वह कभी किसी कमज़ोर पर अपना रौब नहीं जमाता था, बल्कि सीधे उनसे टक्कर लेता था, जिनसे आँख मिलाने से भी लोग डरते हैं। वह हमेशा डरनेवालों को यह सबक सिखाता था कि डरानेवालों से कैसे निपटना चाहिए! कई ऐसे लड़कों को वह उन उत्पीड़कों के चंगुल से छुड़ा चुका था जो किसी न किसी डर के कारण फँस गए थे।

कुछ देर वह यूँ ही मेरे साथ चलता रहा, फिर उसने अपनी बाईं बाँह मेरे कन्धे में डाल दी, जैसे मेरा कोई पुराना दोस्त हो, "कहाँ से आ रहे हो?"

मैंने इस बार भी कोई जवाब नहीं दिया।

"क्या तुम मुझसे डरते हो?"

"नहीं!" मैंने इस बार साफ़ जवाब दिया, "मैं किसी से नहीं डरता।"

"हम्म...!" उसने लम्बी हुँकारी भरी और अपनी भारी आवाज़ में कहने लगा, "...लेकिन जिस तरह से तुम मलय पर पैसे लुटाते हो, उसे देखकर कोई भी यही सोचने लगेगा कि तुम उससे दबे हुए हो या किसी मामले में फँस गए हो और अगर तुम उस पर ख़र्च नहीं करोगे तो तुम्हारा राज ज़ाहिर हो जाएगा। है न?"

"नहीं, ऐसा कुछ नही है।" मैंने तल्ख़ी से कहा और अपनी चाल तेज़ कर दी। लेकिन उसकी बाँह थोड़ी सख़्त हो गई और उसने बलपूर्वक मुझे रुक जाने पर मजबूर कर दिया। उसकी इस सख़्ती से मैं ज़रा खीझ गया, लेकिन मैंने अपनी खीझ ज़ाहिर नहीं होने दी।

"सुनो, तुम्हें उससे डरने की कोई ज़रूरत नहीं है।" उसने अब मेरे कन्धों पर अपने दोनों हाथ रख दिए, "अगर तुमसे कुछ ग़लत हो गया है तो भी नहीं। किसी से डरना मतलब उसे अपने ऊपर हावी होने देना है। और एक बार जब कोई हावी हो जाता है, तो उससे छुटकारा पाना मुश्किल होता है..."

मैंने उसकी तरफ़ देखा, और कुछ देर देखता रहा। मेरे इस तरह देखने का मतलब ये नहीं था कि मैं उसकी बातों से प्रभावित हूँ, लेकिन उसे लगा कि मैं उसकी बातों में आ गया हूँ। अचानक उसने मेरा हाथ पकड़ लिया और मुझे

खींचते हुए एक बिजली के खंभे के पास ले आया। स्ट्रीट लाइट की दूधिया रोशनी सीधे उसके चेहरे पर पड़ रही थी। उसकी निगाहें मेरे चेहरे पर जमी थीं। मैंने देखा, उसकी आँखें सचमुच बहुत गहरी थीं और सब कुछ भाँप लेने वाली भी।

"तुम पिछले कई दिनों से अपने पिताजी की ग़ैरहाज़िरी में दुकान के गल्ले से पैसे चुराते रहे हो... तुम अपने ग्राहकों के साथ भी लेन-देन में धोखाधड़ी करते हो... तुम चोर-उचक्कों से चोरी का माल ख़रीदते हो और लल्लू कबाड़ी के यहाँ तीन गुनी ज़्यादा क़ीमत में बेच आते हो... है न?"

मैं बुरी तरह चौंक गया, अपनी गोपनीयता के खुल जाने के डर से नहीं, इस बात से कि मेरे बारे में इतनी पक्की जानकारी हासिल करने के पीछे उसका मक़सद क्या है?

"...और ये सब तुम अपने लिए नहीं, उसके लिए करते हो, उस मलय के लिए करते हो जो पहले तुम्हें माँ-बहन की गालियाँ बकता था, जिसने होली के दिन तुम्हारे बाप को बीच सड़क पर लाकर नंगा किया था।"

मैंने बहुत गहरी साँस ली, अपने होंठ भींच लिए और चेहरा झुका लिया। कुछ देर के लिए मैं इस सोच में पड़ गया कि पिताजी के इतने भयानक अपमान के बावजूद इस बात को लेकर मेरा ख़ून क्यों नहीं खौलता? मैं दूसरी तमाम बातों को भूलकर सिर्फ़ बिन्नी की मौत का बदला क्यों लेना चाहता हूँ? क्या बिन्नी मेरे जन्मदाता से भी ज़्यादा महत्त्वपूर्ण थी? जब पिताजी को यह मालूम पड़ेगा कि मैं अब भी मलय से मिलता हूँ, तो वे मेरे बारे में क्या सोचेंगे? पहली बार मैंने अपने-आप को एक-दूसरे नज़रिए से देखा और तब मुझे लगा कि जब कोई 'चीज़' किसी के अन्दर घर कर जाती है, तो उसे उसके अलावा कुछ भी नहीं दिखता। दुनिया के लिए उसका चाहे कोई मतलब न हो, पर जिसके अन्दर वो चीज़ होती है, सिर्फ़ वही जानता है कि वह उसके अन्तर्मन में कैसा खिलवाड़ करती है! उस खिलवाड़ को न तो कोई देख सकता है, न समझ सकता है।

कुछ देर बाद मैंने सिर उठाया। "तुम क्या चाहते हो?" मैंने पूछा।

वह धीरे से मुस्कराया, "बहुत ज़ल्द तुम्हें मालूम हो जाएगा और उसे

भी... क्या नाम है उसका...?"

"मलय...।"

"तुम्हें उसका असली नाम मालूम है?"

मुझे आश्चर्य हुआ, मैं सचमुच उसका असली नाम नहीं जानता था।

"मृत्युंजय नाम है उसका।" उसने कहा, "तुम जानते हो, मृत्युंजय का क्या मतलब होता है?"

मैंने 'न' में सिर हिला दिया।

"कोई बात नहीं, बहुत ज़ल्द जान जाओगे... क्योंकि बहुत ज़ल्द मैं उससे मिलने वाला हूँ।" उसके चेहरे पर एक रहस्यमय, छुपे हुए अर्थवाली मुस्कराहट आ गई।

"क्या तुम मेरी ख़ातिर उससे मिलनेवाले हो?" मैंने पूछा।

उसने फिर मेरे कन्धों पर हाथ रख दिए, "शान्त हो जाओ... तुम्हारा उससे डरना ठीक नहीं है।"

मैं इस बार चिल्लाकर कहना चाहता था, कि मैं तुम्हारे बाप से भी नहीं डरता, लेकिन मैंने अपने आपको रोक लिया। मुझे लगा की अगर उसे भ्रम है कि मैं मलय से डरता हूँ, तो इस भ्रम को बने रहना चाहिए। उधर मलय को भी यही भ्रम था कि मैं उससे डरता हूँ। इसका मतलब इन दोनों को मेरे असली इरादों के बारे में कुछ भी पता नहीं है।

कुछ देर यूँ ही खड़े रहने के बाद उसने मेरी तरफ़ हाथ बढ़ाया, मैंने अनिच्छा से हाथ मिलाया, लेकिन उसने पुरज़ोर तरीक़े से मेरे कन्धों को थपथपाया, जैसे यह ज़ाहिर करना चाहता हो कि अब तुम्हें कोई फ़िक्र करने की ज़रूरत नहीं है।

जब वह चला गया तो मैं कुछ देर उसे जाते हुए देखता रहा और सोचता रहा कि मलय और मुश्ताक़ में क्या फ़र्क़ है! दोनों हिंसक प्रवृत्ति के हैं, लेकिन दोनों की हिंसा की प्रकृति अलग है। बहरहाल मैं इस बात से आश्वस्त था कि मेरे बारे में कोई कुछ नहीं जानता। मेरे बाहरी हालत को मुश्ताक़ ने बहुत अचूक और सटीक तरीक़े से पकड़ लिया था, लेकिन उसके अन्दर उस घ्राण शक्ति

का और उस दृष्टि का अभाव था, जो चीज़ों की बिलकुल निचली तहों तक जाती है। उसने बिन्नी के बारे में एक शब्द भी नहीं कहा था और इसलिए वह कभी यह अनुमान नहीं लगा पाएगा कि मैं मलय को भी उसी रूप में देखना चाहता हूँ जिस रूप में मैंने बिन्नी को सड़क पर घिसटते हुए देखा था...

आज मैं एक वयस्क के रूप में जो कुछ कह रहा हूँ, ठीक वही सब मैं उस वक़्त भी महसूस करता था, लेकिन तब मैं ख़ुद को यह समझा नहीं पता था कि यह सब बहुत भयानक है और अच्छा नहीं है... और मैं दुनिया के बनाए रास्ते पर चलने की बजाय फिसलन-भरे रास्ते पर चल रहा हूँ–एक ऐसे रास्ते पर जो शैतानियत का रास्ता है, भयानक पतन की ओर जानेवाले इस रास्ते में एक बार फिसल जाने के बाद सँभलकर खड़ा होने या वापस लौटने की कोई गुंजाइश नहीं रहती।

पिछले कई महीनों से मैं मलय की तलब के लिए अपनी जेब ख़ाली करता आ रहा हूँ। अब उसे नशे के मामले में अपने गुर्गों की ज़रूरत नहीं थी, लेकिन नशे के साथ आजमाई गई मेरी कुछ तरकीबों के कारण उसका आवेग हिंसा की बजाय काम-वासना की तरफ़ मुड़ गया था। वह दल के नए लड़कों के से कुछ ऐसी 'चीज़ें' माँगने लगा था, जिन्हें पूरा कर सकना उनके लिए असम्भव था। एक लड़के से वह बार-बार उसकी बहन को उसके पास लाने की माँग कर रहा था, और एक दिन जब आख़िरी चेतावनी के बाद भी वह ख़ाली हाथ वापस आया तो उसे गोदाम के उस जर्जर कमरे में ले जाया गया। मलय ने पहले अपने कपड़े उतारे, फिर उस लड़के के कपड़े खोल दिए। फिर उसने दो अन्य लड़कों की तरफ़ देखकर इशारा किया। दोनों लड़कों ने आगे बढ़कर उस लड़के के एक-एक हाथ को पकड़ लिया और उसके कन्धों पर दबाव डालकर उसकी पीठ और कमर को नीचे झुका दिया। मलय उसके पीछे खड़ा हो गया। उसने अपने दाएँ कान पर जनेऊ लपेट लिया और इससे पहले कि वह अपना काम शुरू करता, मैं वहाँ से चला आया। मुझे मालूम था कि अब क्या होने वाला है। मलय जब अपने कान पर जनेऊ चढ़ा लेता है तो उसका

सीधा सम्बन्ध एक ऐसी क्रिया से होता है, जो अशुद्ध मानी जाती है। मुझे बउवा ने बताया था कि बिन्नी की योनि में खिल्ला भोंकने से पहले भी उसने कान पर जनेऊ चढ़ाया था।

उस लड़के के अलावा वह एक और लड़के की विधवा भाभी को वश में करने के चक्कर में था और जिस गली में वह रहता था, उस गली में भी वह कई कांड कर चुका था। प्रत्यक्ष रूप से हालाँकि किसी ने उसके ख़िलाफ़ जाने की हिम्मत नहीं की थी, लेकिन एक सामूहिक रोष उस इलाक़े में सुलगना शुरू हो गया था। पर उसे इस बात की कोई चेतना नहीं थीं, उसकी आँखों में जानवरों-जैसा समय-रहित भाव आ गया था। वह गालियाँ बकते हुए इधर-उधर लुढ़कने लगा था और अनजाने में वह उस अन्त की तरफ़ बढ़ने लगा था जिस अन्त की तरफ़ मैं उसे ले जाना चाहता था।

लेकिन अब मुश्ताक़ मेरे और मलय के बीच आ गया था। और बात सिर्फ़ इतनी नहीं थी कि वह मेरी भलाई चाहता था या किसी तरह के परोपकार की भावना उसके अन्दर थी, या वह किसी 'असत' से लड़ने के लिए निकला हो। दरअसल उसके अन्दर भी कुछ था... कोई ऐसा धूमकेतु... कोई ऐसा बवंडर, जो किसी दूसरी 'चीज़' से टकराने के लिए ही जन्म लेता है। मलय और मुश्ताक़ की सम्भावित टक्कर की कल्पना-मात्र से मेरे अन्दर एक अज्ञात ईर्ष्या जाग उठी–जो काम मुझे करना है, वह मुश्ताक़ क्यों करेगा?

इस विचित्र विचार से पहले तो मैं चौंक गया और अपने अन्दर झाँकने के बाद मुझे लगा कि ये ईर्ष्या ठीक वैसी थी, जैसी एक जानवर के अन्दर तब उठती है, जब उसके शिकार को कोई दूसरा जानवर हड़प लेता है।

...तो ऐसी हालत थी मेरे मन की। अगर मेरा मन इतना विचलित न होता और मेरे विवेक ने मेरा ज़रा भी साथ दिया होता, तो मैं उनके बीच से हट जाता। वे आपस में लड़कर मर-खप जाते और इससे बड़ी अक्लमन्दी और क्या हो सकती थी? लेकिन नहीं... मैं तो कुछ अपने मन की करना चाहता था। उस वक़्त मेरे दिमाग़ में एक काला पर्दा पड़ चुका था, इसलिए मैं यह देख नहीं पाया कि मेरा व्यक्तित्व भी हिंसा की सनातन धारा से घुला-मिला है। मैंने यह

ठान लिया था कि मलय का जो भी हश्र होगा, वह सिर्फ़ मेरे हाथों होगा... कोई और इस अवसर को मेरे हाथों से छीन नहीं सकता।

इस दोहरी कशमकश में मेरी दिमाग़ी हालत दयनीय हो गई थी। काम-धन्धे और घर-बार से से मेरा मन उचट गया था। पिताजी के ऊपर काम का बोझ बढ़ गया था और वे दुकान को ठीक से सँभाल नहीं पा रहे थे। माँ बिन्नी के जाने के बाद अब सचमुच बीमार रहने लगी थीं। एक बार मैंने उनसे कहा, "तुम अपनी सेहत का ध्यान रखो और फालतू के कामों में अपने-आपको मत खपाओ।"

वह कुछ देर मुझे देखती रहीं, फिर अपने हाथ का काम छोड़कर मेरे पास आ गईं, "मेरी बजाय तू ख़ुद पर ध्यान दे... तू तो बिलकुल अपने भूत-जैसा दिखने लगा है... ऐसा लगता है जैसे कई रातों से सोया नहीं है, या नींद में चल रहा है।"

इतने दिनों से जो कुछ चल रहा था, उसके बारे में माँ ने अभी तक कुछ नहीं कहा था। ये उनकी पहली प्रतिक्रिया थी। माँ मेरी तरफ़ शिकायत के भाव से नहीं, दया-भाव से देख रही थीं। सुबह की सुनहरी रोशनी उनके चेहरे पर और अधपके बालों पर पड़ रही थी, दाईं आँख की कोर पर तरल चमक उभर आई थी। उन्होंने होंठ भींचते हुए अपने आँचल से आँख पोंछ ली।

मैंने उनके चेहरे से नज़रें हटा लीं। वह फिर चूल्हे के पास बैठ गईं, चाय के बर्तन को उन्होंने चूल्हे से उतारा और दो अलग-अलग गिलासों में उसे छन्नी से छानकर एक गिलास मेरे हाथ में पकड़ा दिया और दूसरे गिलास से चाय के घूँट भरते हुए मुझे बताती रहीं कि इस बीच दुकान की और पिताजी की क्या हालत हो गई है!

मैं सब कुछ सुनता रहा और फिर बिना कुछ कहे घर से निकलकर दुकान चला आया। हालाँकि मैं रोज़ दुकान जाता था, लेकिन उस दिन दुकान को मैंने एक अलग निगाह से देखा, मुझे सचमुच सब कुछ बिखरा-बिखरा-सा लगा। फिर मैंने पिताजी पर एक निगाह डाली–वे पहले जैसे उत्साह से दुकानदारी करते नज़र नहीं आए। उनके चेहरे पर एक हारे हुए पिता-जैसा भाव था, जिसका बेटा हाथ से निकल गया हो।

मैंने एक गहरी साँस ली। अगर मैं कोई बेशर्म क़िस्म का भोगी या ऐयाश होता, तो मुझे अपने पिता का चेहरा देखकर कोई फ़र्क़ नहीं पड़ता। लेकिन मैं नीचता की दलदल में धँसा कोई लोफर नहीं हूँ, मैं किसी तरह के भोग-विलास या किसी नशे या जुए की लत का शिकार नहीं था, मैं तो सिर्फ़ बदले की आग में जल रहा था। जितना ही मैं ख़ुद को समझाने की कोशिश करता था, उतनी ही वह आग और भड़क उठती थी। उस आग की लपकती-झपटती चिनगारियों के बीच जब भी मुझे बिन्नी का चेहरा दिखाई देता, मेरे मुट्ठियाँ भिंच जातीं। कई बार तो मैं अकेले में अपने ही घर की दीवारों पर घूँसे बरसा चुका हूँ।

लेकिन जैसे पिताजी यह नहीं जानते थे कि मेरे ऊपर क्या बीत रही है, ठीक वैसे ही मैं भी यह नहीं जानता था कि उनके ऊपर क्या बीत रही है! अगर मैं उस वक़्त थोड़ा भी होश में होता, तो उनके बदले हुए व्यवहार की तरफ़ मेरा ध्यान ज़रूर जाता। उनके अन्दर से एक दुनियादार दुकानदार पूरी तरह से विलुप्त हो गया था और उसकी जगह एक संन्यासी ने ले ली थी, उनकी दाढ़ी और बाल बहुत बढ़ गए थे और चेहरे पर भी हमेशा एक निरासक्त जोगी-जैसा भाव रहता था।

मुझे यह मालूम था कि मेरी ग़ैरहाज़िरी में दुकान के आसपास पागलों, भिखारियों, मावलियों और कुत्तों का जमघट लगा रहता था और पिताजी हर किसी को कुछ न कुछ बाँटते रहते थे। उन्हीं में से कुछ ऐसे लावारिस फटीचर भी थे, जिन्होंने स्थायी रूप से दुकान को अपना बसेरा बना लिया था। वे दुकान के हर काम में पिताजी का हाथ बँटाते थे और उन्हीं से पैसे माँगकर शराब पीते थे। वे दिखने में इतने भद्दे और उजड्ड थे और उनके कपड़े और नाख़ूनों में इतना मैल भरा रहता था कि उन्हें देखते ही घिन आती थी। लेकिन अब वे उस दुकान के अघोषित कारीगर थे, उन्होंने हर तरह की मिठाई और नमकीन बनाना सीख लिया था और हर चीज़ में ऐसा स्वाद रच दिया था, कि दूर-दूर से ग्राहक आने लगे थे। उन्हीं में से एक मंगल बाबा भी थे, जो न जाने कहाँ से आकर उस दुकान में टिक गए थे। वे उम्र में पिताजी से भी बड़े थे और दूसरे कर्मचारियों से ज़्यादा ज़िम्मेदारी उनमें दिखाई देती थी। पिताजी की दुकान के

प्रति बढ़ती उदासीनता और मवालियों और भूखे कुत्तों के प्रति बढ़ती दयालुता के बाद अगर मंगल बाबा नहीं होते तो सब कुछ चौपट हो जाता। यह उन्हीं की देख-रेख का नतीजा था कि दुकानदारी अभी तक धड़ल्ले से चल रही थी।

लेकिन इतनी गहमागहमी के बावजूद पिताजी के चेहरे पर कोई उत्साह नहीं रहता था। ऐसा लगता था, जैसे वे सांसारिक मोह-माया से ऊपर उठ गए हैं और हर तरह की लीलाओं को तटस्थ भाव से देख रहे हैं।

ये परिवर्तन कुछ ही महीनों में नहीं हुआ था और ऐसा नहीं है कि मुझे कुछ दिखाई नहीं दे रहा था, लेकिन मैं उस वक़्त एक ऐसी मानसिक अवस्था से गुज़र रहा था, जहाँ घटित होते समय और मन में जो घटित हो रहा है, उसके बीच की सीमा-रेखा धुँधली पड़ जाती है। आँख जो देख रही है, वह अन्दर मन-मस्तिष्क में कहीं दर्ज नहीं होता, क्योंकि अन्दर कुछ और चल रहा होता है।

उफ़! कितनी कोशिश की थी मैंने अपनी खूँखार कल्पनाओं को रोकने की ...मेरे दिमाग़ में हमेशा एक ही ख़याल चलता रहता था। अपनी कल्पनाओं में कई बार मैं मलय की टाँगें काट चुका हूँ... हर बार अलग तरीक़े से, हर बार पहले से कई गुना ज़्यादा क्रूरतापूर्वक...

फिर एक ऐसा समय भी आया जब मैं अपने आपको धिक्कारने लगा, कि तुम सिर्फ़ कल्पना कर सकते हो, असली ख़ून-ख़राबा करने की ताक़त तुममें नहीं है। जिसको कुछ करना होता है, वह कर गुज़रता है। लेकिन तुम कुछ करने की बजाय सिर्फ़ नए-नए हथियार ख़रीदते हो और उसे उन गुप्त और निर्जन ठिकानों में छुपाकर रखते हो, जहाँ कोई आता-जाता नहीं है। तुम कई बार यह सोच चुके हो कि एक न एक दिन मलय को उन्हीं में से किसी एक ठिकाने में ले जाओगे और जब वह नशे में होश खो देगा, तो तुम चुपचाप अपना काम निपटा लोगे। तुम कायर हो... घुन्ने हो... आर-पार की असली लड़ाई लड़ने की हिम्मत अब तुम्हारे अन्दर बची नहीं है...

ऐसे विचार मुझे अन्दर तक हिला देते हैं। मैं बहुत विचलित हो जाता हूँ। एक तरफ़ पिताजी थे, माँ थीं और मेरा भविष्य था, दूसरी तरफ़ एक अँधेरी राह थी, जिसमें मैं अपनी नियति को देख रहा था। मैं एक ऐसे आदमी के रूप में

अपने आपको देख रहा था, जो अपने पूरे भविष्य को दाँव पर लगाकर कोई लड़ाई जीतना चाहता हो।

ज़ाहिर है, मेरे माता-पिता मेरी इस हालत से कम दुखी नहीं थे। माँ मुझसे ऐसा बर्ताव करने लगी थीं, जैसे किसी बीमार या पागल से किया जाता है, और पिताजी का व्यवहार ऐसा था जैसे मैंने कोई पाप किया हो। गुज़रते दिनों के साथ वे और ज़्यादा उदासीन होते जा रहे थे। वे दुकानदारी छोड़कर कभी हनुमान टेकड़ी में जाकर बैठने लगे, कभी शिवनाथ नदी के किनारे शिव मन्दिर में। धूनी रमाए बैठे साधुओं के साथ उनकी संगत बढ़ती गई और एक दिन वे उनके साथ चले गए। मैंने पता लगाने की बहुत कोशिश की, लेकिन सिर्फ़ इतना मालूम हुआ कि वे कुछ साधुओं के साथ रेलवे स्टेशन तक पैदल गए, फिर वे सब कौन-सी ट्रेन में कहाँ गए, ये किसी को मालूम नहीं था।

बाद में मुझे मंगल बाबा ने बताया कि वे अन्दर ही अन्दर इस बात से दुखी थे कि मैं एक ऐसे आदमी का सहयोगी और हितैषी बना फिरता था, जिसने सरेआम उन्हें बेइज़्ज़त किया था। उनकी बात सुनकर और यह जानकर कि वे मेरे बारे में क्या सोचते थे और क्यों घर छोड़कर चले गए, मैं और भी दुखी हो गया, और मैंने घर और दुकान के अलावा कहीं भी आना-जाना छोड़ दिया।

पिताजी का इस तरह चले जाना हालाँकि माँ के लिए असहनीय आघात था, लेकिन उन्होंने कभी मुझ पर यह ज़ाहिर नहीं होने दिया कि उसका ज़िम्मेदार मैं हूँ। मुझे इस बात ने और भी दुख पहुँचाया कि वे हर मिलने-जुलनेवाले से यही कहती थीं कि वे पिता के बारे में मुझसे कोई बात न करें।

इन सब बातों का मुझ पर बहुत गहरा असर हुआ और मैंने मलय का ख़याल दिल से निकाल दिया, लेकिन मैं बिन्नी की अन्तिम क्षणों की छवि से कभी मुक्त नहीं हो पाया। बड़ी मुश्किल से जब मुझे नींद आती थी, तो वह छवि सपनों में भी मुझे पीड़ित करती थी और अब तो उस छवि के साथ पिताजी का संसार के प्रति विरक्ति के भाव से भरा चेहरा भी शामिल हो गया था। इन दो चेहरों के मूल भाव का प्रभाव मेरी धमनियों और शिराओं में घुलने लगा था। मैं अब दोहरी यन्त्रणा झेल रहा था। एक मथानी थी, जो मुझे मथ रही थी और

मेरा 'मैं' चूर-चूर होकर बिखरने लगा था। एक नशा था, जो उतरने लगा था, जिसमें मेरी समस्त भावनाएँ समाहित थीं। अब मेरे जीवन का कोई उद्देश्य नहीं था। मैं केवल जी रहा था और बाक़ी सब कुछ वैसा ही चल रहा था, जैसा पिताजी छोड़ गए थे।

एक के बाद एक दिन बीतते गए, कई हफ्ते और महीने गुज़र गए, फिर भी मुझे यक़ीन करने की हिम्मत नहीं होती थी, कि मैं सब कुछ भूल गया हूँ। हालाँकि मैं पुराने रास्ते पर कभी नहीं गया और न मेरे रास्ते में कोई आया, लेकिन मुझे हमेशा यह आशंका रहती थी कि मलय एक न एक दिन ज़रूर आएगा... कभी न कभी वह आकर मेरे सामने खड़ा हो जाएगा... तब मैं क्या करूँगा?

मलय और मुश्ताक़ की एक मुलाक़ात इस बीच हो चुकी थी। इस मुलाक़ात की ख़बर मुझे उसी लड़के ने दी, जिस लड़के की भाभी को मलय अब अपनी हवस का शिकार बना चुका था। उस पहली मुलाक़ात में दोनों की आँखों ही आँखों में क्या बात हुई, उसे वह लड़का समझ नहीं पाया था, लेकिन उनकी अगली मुलाक़ात कब होनेवाली है, यह उसे अच्छी तरह समझ में आ गया था।

फिर एक के बाद एक अजीबोगरीब और भयानक घटनाएँ घटती गईं, मलय और मुश्ताक़ की निर्णायक मुलाक़ात से पहले ही मुश्ताक़ के किसी पुराने दुश्मन ने उस पर पीठ पीछे वार कर दिया और सिर में लगी गम्भीर चोट के कारण वह अस्पताल में था।

दूसरे दिन मलय को भी पकड़कर पुलिस ले गई। उसने उस लड़के की गर्भवती भाभी के पेट में लात मार दी थी और वह सड़क के बीचोबीच जब दर्द से तड़प रही थी, तो वह कमर पर हाथ दिए खड़ा रहा, आसपास खड़े लोगों को चुनौती-भरी नज़रों से घूरते हुए। फिर जब वह जाने लगा तो उस औरत ने उसके पाँव को जकड़ लिया और बदले में उसने और तीन-चार लातें उसके पेट में जमा दीं। वह औरत कमर से नीचे ख़ून से लथपथ हो गई, लेकिन उसने मलय को नहीं छोड़ा। संयोग से पुलिस की वैन वहाँ से गुज़र रही थी, और

पुलिसवालों ने देखते ही मलय को दबोच लिया।

फिर कुछ दिनों बाद ये मालूम हुआ कि जिस गली में मलय ने आतंक फैला रखा था, उस गली की औरतों ने एक दिन उसे घेर लिया, और वह भी कहीं और नहीं, अदालत के कटघरे में। उसे जेल से अदालत लाया गया था, उस दिन उसके मामले की सुनवाई थी। अभी तक कोई गवाह उसके ख़िलाफ़ गवाही देने नहीं आया था, लेकिन अचानक चालीस-पचास औरतें कोर्टरूम में घुसीं और कटघरे में खड़े मलय को चारों ओर से घेर लिया। पुलिस के जवान जो उसे अदालत लेकर आए थे, वे चाहते तो भी कुछ नहीं कर सकते थे, क्योंकि मलय के साथ-साथ उनकी आँखों में भी कुछ औरतों ने मिर्ची पाउडर झोंक दिया था।

वे औरतें जब आई थीं तब निहत्थी थीं और अदालत से वापस जाते समय भी उनके हाथों में कोई हथियार नहीं था। किसी को कुछ समझ में नहीं आया कि उस कोहराम में कब क्या हुआ! जब भीड़ छँटी तो लोगों ने देखा, मलय का जिस्म कटघरे के सामनेवाले हिस्से की रेलिंग पर छाती के बल झुका हुआ था। उसके दोनों हाथ ग़ायब थे, दायाँ हाथ जिसमें हथकड़ी बँधी हुई थी, कटघरे के दाईं ओर पड़ा था और बायाँ हाथ बाईं ओर।

अदालत में होनेवाला यह पहला फ़ैसला था जो अदालत शुरू होने से पहले ही हो गया।

लेकिन नियति का फ़ैसला अभी बाक़ी था। दुष्कर्म और हत्या के इस मुकदमे में उसे जो सज़ा मिलनी थी और जिसके हाथों मिलनी थी, वह तो मिल गई, लेकिन असली मामला अभी तक ख़त्म नहीं हुआ था। मलय के अन्दर जो शैतान था, वह न तो किसी तरह के तिरस्कार या प्रहार से ख़त्म हो सकता था, न कोई न्यायालय या कोई कानून उसे ख़त्म कर सकता था। सिर्फ़ ख़ून बहाने से कुछ नहीं होता, चाहे वह शैतान किसी का ख़ून बहाए, चाहे कोई उस शैतान का ख़ून बहाए। ख़ून तब तक बहता रहेगा, जब तक नियति अपना निर्णायक फ़ैसला नहीं सुना देती।

नियति की अन्तरिम और बाह्य रूपरेखा पहले से बन चुकी होती है,

लेकिन कोई यह नहीं जानता कि कब कहाँ और कैसे आख़िरी क्षण आएगा?

होली आने में अब कुछ ही दिन रह गए थे। आनेवाले दिनों के हर्षोल्लास का साथ देने के लिए वातावरण में मस्ती-भरी बयार घुलने लगी थी। लोगों का ध्यान अब अपने काम पर लगने की बजाय तरह-तरह की ख़ुराफ़ातों में लग गया था। कुछ लोग भाँग की तरंग में डूब गए थे और कुछ मज़ाक-मस्ती में मशगूल थे।

मैंने होली मनाना उसी साल से छोड़ दिया था, जिस साल मेरे माथे पर कलंक का टीका लगा था। पहले मैं होली की हुड़दंग का सिरमौर हुआ करता था, अब वे दिन मुझसे विदा ले चुके थे। लेकिन कुछ ऐसे दिन अब भी मेरे साथ चल रहे थे, जिन दिनों ने मेरे जीवन को हमेशा के लिए कड़वा और ग़मगीन बना दिया था।

होली हर साल मेरी दुकान के सामने, चौराहे के बीचोबीच जलाई जाती है। वह कोई बड़ा, विधिवत और ईंट की दीवार की गोलाई से घेरा गया चौराहा नहीं था। वह एक नाममात्र का नगण्य-सा चौराहा था। होली जलाए जाने के कुछ दिनों बाद राख हटा दी जाती थी और एक गोल काला धब्बा चौराहे के बीचोबीच रह जाता था। फिर गुज़रते दिनों के साथ वाहनों से उठती धूल से कालापन कम हो जाता था, लेकिन उसका धुँधला-सा अक्स क़ायम रहता था। उसी काले धब्बे तक पहुँचकर एक दिन बिन्नी ने दम तोड़ा था, इसलिए मैं उस जगह को देख नहीं पाता था।

हर बार होली आने से पहले जहाँ एक तरफ़ शहर में उल्लास का माहौल रहता था, वहीं दूसरी तरफ़ होली की आड़ में उत्पात मचानेवालों का डर बना रहता था। लेकिन इस बार बहुत से बदमाशों को पहले ही धर लिया गया था और जिस बदमाश का सबसे ज़्यादा आतंक था, वह सरकारी अस्पताल के बिस्तर में अपने कटे हुए हाथों के साथ लाचार पड़ा था। मुश्ताक़ भी उसी वार्ड में था और दोनों की चारपाई आमने-सामने थी, लेकिन दोनों इस बात से अनजान थे कि उसका शत्रु ठीक उसके सामने मौत से लड़ रहा है।

अस्पताल लाए जाने के बाद शुरुआत के कुछ दिनों तक मलय को जब भी होश आता था, वह चीखने-चिल्लाने लगता था। वह उन औरतों को गालियाँ बकता रहता था, जिन्होंने उसकी ये हालत की थी। किसी वहशी जानवर की तरह वह अपने पाँव छुड़ाने की जी-तोड़ कोशिश करता था। उसके पाँवों में बेड़ियाँ बँधी थीं और बेड़ियों की ज़जीर को चारपाई की रॉड से बहुत मज़बूती से बाँध दिया गया था।

फिर एक दिन बेड़ियाँ भी खोल दी गईं क्योंकि लगातार रगड़ खाने के कारण उसके टखनों में घाव हो गए थे। उन घावों में मवाद भर आया था और सूजन इतनी बढ़ गई थी कि बेड़ियाँ अगर खोली नहीं जातीं तो कुछ दिनों बाद उसे आरी से काटना पड़ता।

बेड़ियों से आज़ाद होने के बाद एक बार भी उसके पाँवों में कोई हरकत नहीं हुई थी। जिस पुलिसवाले को उसके पहरे पर बैठाया गया था, वह अब निश्चिन्त होकर इधर-उधर टहलने चला जाता था। वार्ड के सभी कर्मचारी ये मान चुके थे कि अब वह कुछ ही दिनों का मेहमान है। किसी को इस बात का ज़रा भी अन्दाज़ा नहीं था कि वह उठकर अस्पताल से बाहर चला जाएगा। एक इनसान के तौर पर तो उसके अन्दर की तमाम ताक़तें ख़त्म हो गई थीं, लेकिन इनसानी ताक़त के अलावा एक दूसरी ताक़त जो उसके अन्दर थी, उसे कोई नहीं पहचान पाया। अपनी उसी दूसरी ताक़त के दम पर वह होली के दिन सुबह दस बजे अस्पताल से बाहर आया और धीरे-धीरे चलते हुए उस चौक की तरफ़ बढ़ने लगा जहाँ मेरी दुकान थी।

जब वह अस्पताल के कपड़ों में चलते हुए चौक पर आकर खड़ा हो गया तो लोग उसे कौतूहल से देखने लगे, जैसे किसी विचित्र जीव को देख रहे हों।

मेरा ध्यान उस तरफ़ नहीं था। मैं अख़बार पढ़ रहा था। मंगल बाबा ने मेरी बाँह पर हाथ रखा, मैंने सिर उठाकर देखा तो उन्होंने चौक की तरफ़ इशारा किया और अगले ही पल मैं अपनी कुर्सी से खड़ा हो गया। मलय चौक के बीचोबीच खड़ा था। उसके दोनों पाँव ठीक वहीं थे जहाँ बिन्नी ने दम तोड़ा

था। वह बहुत विचित्र नज़रों से मुझे देख रहा था, उसके देखने के अन्दाज़ से यह लग रहा था कि वह मेरे अन्दर छुपे दूसरे आदमी को पहचान गया है। कुछ देर वह जलती हुई निगाहों से मुझे देखता रहा, फिर उसके दोनों घुटने आगे की ओर झुके। वह घुटनों के बल ज़मीन पर गिरा और उसका शरीर दाईं ओर लुढ़क गया।

देखते-ही-देखते चौक पर भीड़ जमा हो गई। कुछ देर बाद पुलिस की गाड़ी आई और उसे उठाकर ले गई। मैं बहुत देर तक उस जगह को टकटकी लगाए देखता रहा। उस गोल स्याह घेरे में एक साथ कई चीज़ें उमड़-घुमड़ रही थीं। यह एक ऐसा जीवन-वृत्त था जिसमें जीवन की अच्छाई और बुराई, सच्चाई और फ़रेब, प्रेम और घृणा, सौन्दर्य और कुरूपता, करुणा और नृशंसता–सब आपस में घुल-मिल गए थे।

कुछ देर बाद मैंने वहाँ से नज़रें हटा लीं और हाथ में हाथ बाँधे सिर झुकाए और आँखें बन्द किए बैठा रहा।

जब दोपहर हुई तो मैं उठकर घर चला गया। खाना खाने के बाद मैं काफ़ी देर तक लेटा रहा। मैंने आँखों को अपनी दाईं बाँह से ढक लिया और मन को शान्त बनाए रखने के लिए एक ऐसे शून्य पर अपना ध्यान केन्द्रित करने लगा, जिसमें किसी भी तरह के विचारों और कल्पनाओं को खिलवाड़ करने का मौक़ा नहीं मिलता।

लेकिन तमाम कोशिशों के बावजूद कोई स्थिर बिन्दु पकड़ में नहीं आया। आख़िर मैंने अपने दिमाग़ को झटक दिया और उठकर खड़ा हो गया। मैंने मुँह धोया और नैपकिन से चेहरा पोंछते हुए दुकान जाने की तैयारी करने लगा। मैं पिताजी की लोहे की अलमारी में लगे आदमकद शीशे के सामने खड़ा होकर बालों में कंघी कर रहा था, तभी मन में एक विचार आया कि इस अलमारी को खोलकर देखना चाहिए। पिताजी के जाने के बाद मैंने अभी तक एक बार भी इस अलमारी को खोलकर नहीं देखा था। कुछ देर मैं अनिश्चय की स्थिति में खड़ा रहा, फिर मैंने हैंडल को नीचे झुकाया और अलमारी खोल दी।

अलमारी में एक धोती और एक कुर्ते के अलावा कुछ नहीं था। कुछ

देर तक मुझे कुछ समझ नहीं आया, फिर उन कपड़ों को मैं उजाले में ले गया। उन्हें उलट-पुलट कर देखा तो तुरन्त समझ में आ गया, ये वही कपड़े थे जिन्हें फाड़कर उन्हें निर्वस्त्र किया गया था। चार साल तक उन्होंने इन कपड़ों को अलमारी में सँभाले रखा और जब घर छोड़कर गए तो सिर्फ़ इन्हीं कपड़ों को छोड़ गए। बाक़ी सब कपड़े और जमा-पूँजी वे पहले ही ग़रीबों को बाँट चुके थे।

कुछ देर तक मैं सोचता रहा कि पिताजी इन कपड़ों को क्यों छोड़कर गए होंगे? इन कपड़ों के जरिए वे मुझे क्या सन्देश देना चाहते थे? फिर एक ख़याल मेरे मन में आया, मैंने खूँटी पर टँगा एक झोला उठाया और उन कपड़ों को झोले में डालकर घर से बाहर निकल गया।

जब मैं वापस दुकान आया, तब दोपहर ढलने लगी थी, चौक पर लकड़ियों का ढेर लगना शुरू हो गया था। शाम ढलते ही लकड़ी के ढेर के पास फाग गानेवालों की टोली आकर बैठ गई। उस टोली में सभी दिहाड़ी मजदूर थे। नगाड़ा बजना जैसे ही शुरू हुआ, चौक में नाचने-गाने वालों का मजमा शुरू हो गया। लोग मदमस्त होकर नाचने-गाने लगे। किसी को इस बात से कोई मतलब नहीं था कि सुबह उसी जगह एक मौत हुई थी।

शाम ढलते ही लकड़ी के उस ढेर में आग लगा दी गई। मैं चुपचाप दुकान में बैठा रहा। आज दोपहर से ही दुकान का काम बन्द कर दिया गया था। मंगल बाबा के अलावा बाक़ी सब कर्मचारी होली मनाने के लिए निकल पड़े थे। कुछ देर बाद, जब लपटें ऊँची उठने लगीं और घिरती रात के अँधेरे में उन लपटों की रोशनी दूर-दूर तक फैल गई, मैंने अपना झोला उठाया और दुकान से बाहर आकर चौक की तरफ़ बढ़ने लगा। अग्नि का ताप जैसे-जैसे बढ़ता जा रहा था–इर्द-गिर्द खड़े लोग धीरे-धीरे पीछे हटते जा रहे थे। मैं उस धधकती आग के बिलकुल पास चला गया। फिर मैंने झोले से पिताजी का कुर्ता निकाला, जिसके दामन को बीच से चीर दिया गया था। कुर्ते को आग के हवाले करने के बाद मैंने धोती निकाली और बिना यह देखे कि वह किस तरह से फाड़ी गई थी, उसे भी आग में झोंक दिया।

फिर मैं हाथ पीछे बाँधे कुछ देर खड़ा रहा और जलती हुई होली को ऐसे देखता रहा, जैसे वह होली नहीं कोई अर्थी हो। जब लपटें नीचे बैठने लगीं और आग से चिनगारियाँ निकलनी बन्द हो गईं, तो मैंने हाथ जोड़कर अपनी आँखें बन्द कर लीं। मन में कोई प्रार्थना नहीं, ये विचार चल रहा था कि मलय ने जो चोट मुझे दी थी, उसे शायद मैं कभी भूल जाऊँगा, लेकिन पिताजी को जो चोट मैंने दी है, वह कभी नहीं भूल पाऊँगा...।

अनुभूति

एयरपोर्ट में दाख़िल होने के बाद वे बोर्डिंग एरिया की तरफ़ जा रहे थे, तब किसी के पास से गुज़र जाने की हल्की-सी सरसराहट से उन्हें अपने भीतर एक अलग तरह की फुरहरी महसूस हुई।

एक चपल और उत्साही लड़की आधी कामकाजी और आधी मनमौजी, शीघ्रता से उनके क़रीब से निकल गई थी।

वे उसके चेहरे की एक हल्की-सी झलक ही देख पाए। लेकिन जब वह आगे बढ़ी तो वे पीछे से उसकी लम्बी गुँथी हुई चोटी और उसकी चुस्त आउटफिट को देर तक देखते रहे। पश्चिमी ढंग का पहनावा और ठेठ हिन्दुस्तानी ढंग का श्रृंगार! लेकिन यह संयोजन ही एकमात्र कारण नहीं था जिसने उसके दिल की धड़कनों को बढ़ा दिया था या उनके क़दमों की गति तेज़ कर दी थी। असली कारण ख़ुशबू का एक झोंका था, जो वह अपने पीछे छोड़ गई थी।

हाँ! बिलकुल वैसी ही ख़ुशबू, जो पच्चीस साल पहले उनका साथ छोड़ गई थी और इन बीते वर्षों में उन्होंने कहीं भी कभी भी उस बीती हुई ख़ुशबू को दोबारा महसूस नहीं किया था।

बोर्डिंग पास लेने के बाद वे कुछ देर इधर-उधर देखते रहे पर वह मोंगरे की वेणी से सुशोभित सुन्दर ढंग से गुँथी हुई चोटी उन्हें दिखाई नहीं दी।

सिक्युरिटी चेक के बाद वे एक विशाल लाउंज में पहुँच गए, जहाँ कई टर्मिनल गेट थे, जहाँ से कई देशों और चारों दिशाओं में जा सकने की सम्भावना थी और उन अनिश्चित अपार सम्भावनाओं में उस ख़ुशबू को दोबारा महसूस कर पाने की कोई सम्भावना नहीं थी।

उन्होंने अपना बोर्डिंग पास चेक किया यह जानने के लिए कि उनकी फ़्लाइट का सम्बन्ध किस गेट नम्बर से है। कुछ देर बाद वे ब्रिटिश एयरवेज की अपनी निर्धारित फ़्लाइट के लिए गेट नं. 2 के सामने वेटिंग एरिया में एक कुर्सी पर बैठ गए। अब उन्होंने तय कर लिया था कि इधर-उधर नहीं देखेंगे और ख़ुद को एकाग्र करने की कोशिश करेंगे।

उन्होंने आँखें बन्द कर लीं और 'शुद्ध कल्याण' के स्वरों को मन ही मन गुनगुनाने लगे। ध्यान लगाने का यह नुस्खा उन्हें उनके पिता ने दिया था और हर बार शुद्ध कल्याण के ये मनोगत स्वर उन्हें विसंगत उद्वेलनों से निकालकर आन्तरिक स्वर-संगति की ओर ले जाते थे।

लेकिन उस दिन किसी आन्तरिक स्वर-संगति की बजाय एक बार फिर उन्हीं मधुर सुगन्धियों ने उन्हें घेर लिया। वे इस सुगन्ध को अपना भ्रम समझकर टालते रहे, लेकिन जब उन्होंने आँखें खोलीं, तो देखा वही लड़की ठीक उनके बगलवाली सीट पर बैठी थी और ग़ौर से उनके हाथों को देख रही थी। फिर उसने अपनी काली कोयल जैसी आँखों से उन्हें देखा। उसकी आँखों में एक ऐसी उत्सुकता और झिझक का भाव था, जैसे वह उन्हें जानती हो लेकिन विश्वास नहीं कर पा रही हो। उसकी आँखों में उस वक़्त एक ही भाव था, कि कहीं ये वही तो नहीं हैं?

वे ख़ुद भी उस लड़की के चेहरे को देखते रह गए। उस चेहरे ने पल-भर के लिए उन्हें चौंका दिया, फिर उनके दिल की धड़कनें अचानक बढ़ गईं। फिर उन्हें भी यह लगने लगा कि कहीं ये वही तो नहीं है?

जब हम अपने प्रियजनों से बिछड़ जाते हैं तो वे हमेशा जीवन से चले नहीं जाते, उनका आभास उनकी सचमुच की मौजूदगी से भी ज़्यादा इन्द्रियग्राह्य होता है।

पिछले पच्चीस वर्षों में उन्हें इस तरह के कई 'आभास' पहले भी हो चुके थे। लेकिन वे इतने प्रत्यक्ष और इतने मर्मस्पर्शी नहीं थे। इस बार उन्हें हालाँकि हर बार की तुलना में कहीं ज़्यादा सघन प्रतीति हुई थी, लेकिन फिर भी उन्होंने मन कड़ा कर लिया और यह मान लिया कि ये वो नहीं है।

हर वियोग में कुछ संयोग भी होते हैं जो वास्तविक होने के बावजूद भ्रम जैसे लगते हैं।

कुछ देर बाद वह लड़की उठी और अपना हैंडबैग कलाई में सँभालते हुए एक हाथ में अपना बोर्डिंग पास लिए आगे बढ़ी और उस क़तार में खड़ी हो गई जो ब्रिटिश एयरवेज की लन्दन वाली उड़ान के लिए लगी थी।

वे कुछ देर यूँ ही गुमसुम-से बैठे रहे। उन्हें लगा कि उस लड़की से परिचित होने का मौक़ा उन्होंने खो दिया है। फिर कुछ देर बाद वे उठे और धीमे क़दमों से चलते हुए क़तार में खड़े हो गए। बोर्डिंग गेट से जहाज़ के प्रवेश-द्वार तक पहुँचानेवाले कॉरिडोर में चलते हुए भी वे अपने आपमें इतने गुम थे कि एयर होस्टेस के अत्यन्त मधुर अभिवादन का प्रत्युत्तर देना भी भूल गए। वे सीट नं. बी-42 के पास रुके और अपनी सीट पर बैठने के लिए नीचे झुके तो सीट नं. बी-41 पर उन्हें वही लड़की दिखाई दी। और इस बार वे अपने चेहरे पर ख़ुशी और आश्चर्य के भाव को आने से रोक नहीं पाए। लड़की ने पहले ही उन्हें देख लिया था। उस वक़्त हालाँकि लड़की का चेहरा उनकी तरफ़ नहीं था लेकिन उसके चेहरे पर भी हल्की-सी मुस्कराहट थी और यह मुस्कराहट भी इस संयोग से उपजे सुखद आश्चर्य के बाद ही उसके चेहरे पर आई थी।

दोनों को यह उम्मीद नहीं थी कि उन्हें आस-पास की सीटें मिलेंगी। संयोग अपना काम कर चुका था और कुछ भूली-बिसरी चीज़ों ने मिलकर एक नए ताने-बाने की शुरुआत कर दी थी।

हालाँकि दोनों यह नहीं जानते थे कि उनके अनुमान सिर्फ़ किसी ख़ुशफ़हमी पर आधारित हैं या उसका कोई सूत्र उनके जीवन के किसी पहलू से भी जुड़ा है। फिर भी दोनों को यह महसूस हो रहा था कि उनके बीच कुछ तरंगित और स्पन्दित हो रहा है।

अपनी सीट पर बैठने से पहले उन्होंने अपने कुर्ते की जेब से रूमाल निकालकर माथे पर उभर आईं पसीने की बूँदों को पोंछा और रूमाल वापस जेब में रखते हुए बैठ गए। कुछ देर गहरी साँसें लेते हुए वे ख़ुद को शान्त बनाए रखने की कोशिश करते रहे, लेकिन उनकी ऊहापोह बढ़ती चली गई। वे बार-बार खिड़की से बाहर का दृश्य देखने के बहाने हल्की-सी नज़र उस लड़की पर डाल रहे थे। वे बार-बार बेवजह कभी अपना कान तो कभी नाक खुजा रहे थे। बीच-बीच में उँगलियाँ चटकाना और हल्की खाँसी के साथ गला साफ़ करना भी जारी था।

लड़की भी उनकी इस असहजता के सूक्ष्म कारणों को समझ रही थी लेकिन वह विचलित होने की बजाय मन्द-मन्द मुस्कराते हुए खिड़की से बाहर देख रही थी।

कुछ देर बाद जहाज़ के पहिए रन-वे पर आगे बढ़े, फिर पहियों की धड़धड़ाती आवाज़ और इंजन के कर्कश घर्षण और कम्पन के साथ जहाज़ ने रफ़्तार पकड़ी और टेक-ऑफ के कुछ ध्यान बँटानेवाले क्षणों के बाद फिर से ख़ामोशी छा गई। वातावरण में अब स्थिरता और इत्मीनान आने लगा।

अब? लड़की ने मन ही मन सोचा। उसे लगा कि अब ज़्यादा देर तक टालना ठीक नहीं होगा। उसे कुछ न कुछ कहना ही होगा। लेकिन शुरुआत कैसे की जाए? उसे कोई सूत्र नहीं मिल रहा था। वह भी ऊहापोह में पड़ गई। वह बहुत तेज़ी से नई-नई तरकीबें सोच रही थी। फिर उसने बड़े अर्थपूर्ण ढंग से सिर हिलाया जैसे उसे सबसे अच्छी तरकीब सूझ गई हो। उसके चेहरे पर शरारती मुस्कराहट उभर आई और उसने अपने हैंडबैग से अपना लैपटॉप निकाल लिया।

लैपटॉप ऑन करने के बाद उसने एक फोल्डर ओपन किया। 'म्यूज़िकल मेमोरीज' शीर्षक के नीचे जो लम्बी सूची थी, उस पर एक एरो नीचे की ओर सरकता है और 'मेमोरेबल इवनिंग ऑव इलाहाबाद अगस्त 1991' पर क्लिक करता है।

अगले ही पल लैपटॉप के स्पीकर्स से जो पहला स्वर सुनाई दिया, वह

तानपूरे का स्वर था। बिलकुल वैसा ही, जैसा किसी भी तानपूरे का हो सकता था, लेकिन लड़की के पास बैठे उसके सहयात्री के कानों में वह स्वर एक विशेष सूक्ष्म संकेत और अलग तरह की संवेदना के साथ तरंगित हुआ। उन्होंने अपनी आँखें खोलीं और बहुत ध्यान से उन स्वरों को सुनने के लिए अपना बायाँ कान आगे बढ़ाया। और कुछ ही पलों में उन्हें विश्वास हो गया कि तानपूरे के ये स्वर सिर्फ़ अनामिका की अँगुलियों से ही सृजित हो सकते हैं।

तानपूरा मिलाए जाने के बाद सितार की पहली झनकार ने ही उनकी समस्त इन्द्रियों को सचेत कर दिया। फिर सितार के स्वर विलम्बित लय में उत्तरोत्तर झंकृत होने लगे और साफ़-साफ़ समझ में आ गया कि यह उन्हीं का बजाया हुआ राग यमन है जो उन्होंने आज से पच्चीस साल पहले इलाहाबाद के कार्यक्रम में बजाया था।

उस दिन के बाद उन्होंने यह राग क्यों नहीं बजाया? और उस दिन वे इस राग को बजाते-बजाते जब द्रुत लय में पहुँचे थे, तब उनकी और अनामिका की आँखों से आँसू क्यों निकल आए थे?

लैपटॉप पर चल रही उस धुन ने अब विलम्बित लय को पार कर लिया था और मध्यलय के कुछ अंश भी ध्वनित हो चुके थे। अगले मोड़ पर आने वाले अंशों को याद करते हुए उन्हें यह भी याद आने लगा कि उस दिन मध्यलय के स्वरों की ओर अपने सितार को 'तानपूरे' के लिए कितने निजी ढंग से संयोजित किया था और उन्होंने उस शाम की प्रस्तुति के लिए अपने मानस में जो फ्रेम बनाया था, उसे प्रतिष्ठित और स्थापित करने में किस रागदारी के किस 'अंग' ने उनकी मदद की थी और कैसे तानपूरे ने उस 'फ्रेम' को आत्मसात कर लिया था।

उस राग-प्रबन्ध में कुछ ख़ाली जगहें भी छोड़ी गई थीं। किसी ख़ास पूर्ति के लिए और तानपूरे ने उन ख़ाली जगहों को पूरी रचनात्मक और भावनात्मक आवृत्तियों से भर दिया था। सिर्फ़ लय की आवृत्तियों का पूरक बनकर नहीं, बल्कि सितार बजानेवाले की आत्मा की वेवलेन्थ पर ख़ुद को 'ट्यून' करते हुए।

यह ट्यूनिंग एक आत्मसंवाद भी थी और परस्पर मौन संवाद भी। इसमें हमेशा के लिए दो आत्माएँ समाविष्ट हो गई थीं, क्योंकि वे हमेशा के लिए

एक-दूसरे से दूर होनेवाले थे। यह उनकी आख़िरी मुलाक़ात और आख़िरी संगत थी।

कुछ दिनों बाद अनामिका का विवाह किसी और के साथ हो गया और उसके बाद उन्होंने कभी यमन नहीं बजाया था। वे दूसरे अनेक रागों को योजनाबद्ध तरीक़े से बजाते रहे, उनकी स्वर योजनाएँ नए-नए रूपाकारों में ढलती रहीं। उनकी निजी संगीत क्षमता ने संगीत जगत में अपनी गहरी छाप छोड़ दी लेकिन विरह की जो 'छाप' उनके अन्दर पड़ गई थी वह कभी किसी 'जगत' में उजागर नहीं हुई।

लैपटॉप में डाउनलोड किया गया उनका उस दिन का वादन अब द्रुत लय में आ गया था। फिर बीच-बीच में छोड़ी गई वे ख़ाली जगहें भी आईं जहाँ तानपूरे ने उनके द्रुत और सन्तप्त स्वरों को सँभालकर एक भाव-विह्वल अनुभव में बदल दिया था।

कुछ देर बाद सितार और तानपूरे का स्वर 'सम' पर आकर शान्त हो गया।

लड़की ने हाथ आगे बढ़ाकर अपनी उँगली से कर्सर को स्पर्श किया और कुछ देर बाद उसने एक और फ़ोल्डर ओपन किया। एक एल्बम पर एरो रुका फिर एक क्लिक के साथ स्क्रीन पर कई फ़ोटोग्राफ़्स उभर आए। उसने एक फ़ोटो को एनलॉर्ज किया और लैपटॉप की स्क्रीन को दाईं तरफ़ घुमा दिया ताकि सीट नं. बी-42 के यात्री को वह चित्र अच्छी तरह दिखाई दे।

यह इलाहाबाद में दिए गए उसी कार्यक्रम की तसवीर थी, जब उन्होंने अनामिका के साथ मंच पर अन्तिम प्रस्तुति दी थी।

कुछ देर तक वे उस तसवीर को देखते रहे, फिर अपना चेहरा लड़की की तरफ़ घुमाया। लड़की की निगाहों से अब पहली बार उन्होंने निगाहें मिलाईं। उसकी आँखें किसी अनजानी-सी ख़ुशी से प्रदीप्त थीं। कपोल अनुराग की लालिमा से रँगे हुए थे। कुछ देर दोनों एक-दूसरे को देखते रहे फिर लड़की ने संकोच भरी मुस्कराहट के साथ पूछा, "मैंने आपको डिस्टर्ब तो नहीं किया?"

वे कुछ देर सिर झुकाए बैठे रहे, फिर 'हाँ' में सिर हिलाते हुए मुस्कराए।

"हाँ तुमने मुझे डिस्टर्ब कर दिया।"

"सॉरी दरअसल मैं..."

"सॉरी कहने की ज़रूरत नहीं है अनु! ये तो बहुत ही क्रिएटिव और ग्रेसफुल डिस्टर्बेंस है।"

"अरे! आपको मेरा नाम भी मालूम है?"

"तुम अनामिका जी की बेटी हो, इसलिए तुम्हारा नाम अनु के अलावा कुछ हो ही नहीं सकता।"

"हूँSS! तो आप मुझे पहचान गए।"

"कैसे नहीं पहचान पाता! तुम बिलकुल अपनी माँ पर गई हो।"

लड़की के चेहरे पर इस बार जो भावपूर्ण मुस्कराहट आई, उसमें अपनी माँ की प्रशंसा का आभार था।

"कैसे हैं तुम्हारे मम्मी-पापा?"

"जी... सब ठीक है, लेकिन..."

'लेकिन' शब्द के उच्चारण के साथ ही अनु के होंठ के दाहिने हिस्से में एक अशुभ वक्रता उभर आई।

वे कुछ देर तक अनु को देखते रहे। इस 'लेकिन' से उनके माथे पर भी बल पड़ गए। उनकी चिन्ता और दुख से भरी निगाहों से बचने के लिए अनु ने मुँह फेर लिया और खिड़की के बाहर फैले अन्धकार को देखने लगी।

कुछ पल यूँ ही बीत गए। फिर उनका चेहरा भी नीचे झुक गया। उन्हें समझ में आ गया कि अब एक और नई धुन की शुरुआत होने जा रही है। कुछ पुरानी चीज़ों की पुनरावृत्तियों का चक्र पूरा हो गया है। उसका सम्पुंजन धीरे-धीरे पिघल रहा है। सब कुछ गहन ख़ामोशी में डूब रहा है।

संयोग से मिल गए उन सहयात्रियों के अन्तर्मन में उस वक़्त जो कुछ भी चल रहा था, वह अलग-अलग होते हुए भी अन्तर्गुम्फित था। बहुत-से अटपटे सूत्र, बहुत-सी बिसरा दी गईं स्मृतियाँ। एक-दूसरे से जुड़ीं भावनाएँ, जो सांसारिक नियमों के हाथों अलगा दी गईं। अधूरी और अतृप्त कामनाएँ और जीवनराग से उत्पन्न वे भटकते स्वर, जो किसी सरगम में नहीं ढल पाए। यह

सब कुछ एक व्योम में भटक रहा था, लेकिन हर तरह के अलगाव के बावजूद उसमें एक अलग तरह की संलग्नता थी।

और ये वही 'संलग्नता' थी जो जीवनगाथाओं की रचना करती है। किन्तु सबके लिए नहीं, सिर्फ़ उनके लिए जिनके स्वप्न बार-बार खंडित हुए होते हैं, जो नियति के हाथों मार दिए जाने के बाद दोबारा जन्म लेते हैं–जीने के लिए नहीं, अपने जीवन का अर्थ पाने के लिए।

वे दोनों बहुत देर तक अपने में गुम सिर झुकाए बैठे रहे। घड़ियाँ यूँ ही गुज़रती रहीं।

ये ख़ामोशी ड्रिंक्स की ट्रॉली की खनखनाहट से दूर होती है। शराब और सॉफ्ट ड्रिंक्स की बोतलों की खनखनाहट उनके पास आकर थमती है। अनु ने गर्दन घुमाकर ड्रिंक्स की ट्रॉली और उन सुन्दर मुस्कराती हुई परिचारिकाओं की तरफ़ देखा। फिर थोड़े संकोच के साथ अपने सहयात्री से पूछा, "क्या आप मेरे साथ कोई ड्रिंक्स लेना पसन्द करेंगे?"

उस वक़्त उसकी आँखों में जो आग्रह था, वह इतना कोमल और भावपूर्ण था कि वे इनकार नहीं कर सके।

"ठीक है! तुम मुझे अपनी पसन्द का कोई ड्रिंक्स पिलाओ। फिर मैं बताऊँगा कि मेरी और तुम्हारी पसन्द एक-दूसरे से कितनी मिलती है।"

एक परिचारिका ने अनु की तरफ़ उत्सुक निगाहों से देखा, जिसमें सिर्फ़ किसी ड्रिंक्स के ऑर्डर की प्रतीक्षा ही नहीं, बल्कि यह जिज्ञासा भी थी कि दोनों की पसन्द एक-दूसरे से कितनी मिलती है!

अनु कुछ देर सोच में पड़ गई कि इस वक़्त उन्हें क्या पीना अच्छा लगेगा। लेकिन उसने अनुमान लगाने और निर्णय लेने में ज़्यादा देर नहीं लगाई। उसने दो गिलास पानी का ऑर्डर दे दिया।

"पानी?" एयरहोस्टेस ने आश्चर्य से पूछा और प्रश्न-भरी मुस्कराहट से उनकी तरफ़ देखा।

उन्होंने उन मुस्कराती हुई निगाहों का जवाब भी मुस्कराती हुई 'हाँ' में दिया।

एयरहोस्टेस ने दो छोटी बिस्लरी की बोतलें आगे बढ़ाईं। अनु ने दोनों बोतलें अपने दोनों हाथों में थाम लीं। फिर अपना दायाँ हाथ मेहमाननवाज़ी वाले अन्दाज़ में आगे बढ़ाया, "यह समय राग सोहनी का है। मध्यरात्रि के बाद हमें सिर्फ़ 'सोहनी' बजाना चाहिए और सिर्फ़ पानी पीना चाहिए। और फिर सो जाना चाहिए, है न!"

"हाँ तुम ठीक कह रही हो। यह राग सोहनी का समय है। लेकिन तुम्हें पता है यह बड़ा ही चंचल प्रकृति का राग है। ये राग किसी को सोने नहीं देता।"

"ओह! मुझे तो लगता था आधी रात के बाद बजाए जानेवाले इस राग की प्रकृति थपकी देकर सुलाने वाली होगी... चलिए ठीक है कोई बात नहीं, अब हमने इस राग को चुन लिया है तो हमें राग की प्रकृति के साथ ही चलना चाहिए, है न!"

कुछ देर वे ग़ौर से उसके चेहरे को मुस्कराते हुए देखते रहे। अपनी हर बात की स्वीकृति के लिए हर बात के अन्त में 'है न!' लगाने की इस आदत ने उन्हें कुछ याद दिला दिया। अनामिका की भी यही आदत थी। और उसके मुँह से ये शब्द सुनकर उन्हें लगता था कि 'तोड़ी की गान्धार' लग रही है। रागदारी का यह रिश्ता फिर से क़ायम हो गया और उन्हें एक बार फिर तोड़ी में (है न!) के रूप में अति कोमल गान्धार सुनाई देने लगा।

"माँ का असर बहुत है तुम पर। सिर्फ़ चेहरे पर ही नहीं, बल्कि तुम्हारी पूरी प्रकृति ही तुम्हारी माँ जैसी है।"

अनु का चेहरा झुक गया। कुछ देर वह सोचती रही, फिर बिना सिर उठाए कहा, "सिर्फ माँ का असर नहीं है। पिता का असर भी है लेकिन उस पिता का नहीं जो मेरे बायोलॉजिकल पिता थे, बल्कि उस पिता का जो आज मेरे साथ बैठे हैं और मेरे साथ राग सोहनी में जुगलबन्दी कर रहे हैं।"

अपनी बात पूरी करने के बाद अनु ने सिर उठाया और उनकी आँखों में आँखें डाल दीं।

उन्हें ज़रा भी अन्दाज़ा नहीं था कि यह लड़की इतनी ज़ल्दी बिना किसी हिचक के एक अत्यन्त गोपनीय और उतने ही नाज़ुक सत्य को सामने ले आएगी।

"मुझे यह अच्छा लग रहा है कि तुम किसी चीज़ को समझने और उसे सामने लाने में ज़्यादा देर नहीं लगातीं।"

अनु ने कुछ नहीं कहा। कुछ देर बाद उन्होंने धीरे से अनु के हाथ में अपना हाथ रख दिया।

"मुझे यह लगता था कि इस दुनिया में मेरा कोई नहीं।" वे बहुत आत्मीयता से और गहरी भावाकुलता से अनु के हाथ को अपने हाथों से लेकर सहलाते रहे, "मैं कितना बदनसीब बाप हूँ! अपनी बिटिया को गोद में खिला नहीं सका। और अब... अब जब तुम मेरे पास बैठी हो, तो मुझे लग रहा है कि उन सारी चीज़ों के लिए कुछ महसूस कर पाने के गुणों को मैं खो चुका हूँ। मुझे ये भी लगता है कि किसी चीज़ ने मेरे भीतरी अवयवों को बदल डाला है। बहुत ध्यान लगाने के बावजूद अब मेरे अन्दर वैसी तरंग और तड़प नहीं उठती जैसी पहले उठा करती थी। पहले मुझे लगता था कि मेरा संगीत और कुछ नहीं, सिर्फ़ मेरी अनुभूतियों का विस्तार है। लेकिन अब मुझे ऐसा नहीं लगता। मैं बिना किसी अनुभूति के बजाए जा रहा हूँ।"

"ऐसा आप इसलिए महसूस कर रहे हैं क्योंकि आपने अपना सब कुछ संगीत को सौंप दिया है... अब आप अपने संगीत से अपनी अनुभूतियों को वापस माँग लीजिए, एक बार फिर उन्हीं अनुभूतियों से नई धुनों को सँवारने के लिए।"

उन्होंने इस बार कोई जवाब नहीं दिया, वे यूँ ही बैठे रहे। अनु का दायाँ हाथ अब भी उनके हाथों में था और उन्हें लग रहा था कि एक बार फिर कुछ ऐसा हो रहा है, जो उन्हें आलोड़ित कर रहा है। लेकिन उसे आत्मसात करने की हिम्मत अब उनमें नहीं बची है।

कुछ देर बाद अनु ने अपना बायाँ हाथ उनके हाथ पर रख दिया, "ये राग सोहनी की प्रकृति नहीं है... आप क्यों इतने उदास हो रहे हैं? मुझे अच्छा नहीं लग रहा है।"

उन्होंने एक गहरी साँस ली। फिर धीरे से मुस्कराते हुए अनु की तरफ़ देखा, "ये जीवनराग है, जो किसी शास्त्रीय नियमों से बँधा नहीं है। इसकी

प्रकृति को समझना बहुत मुश्किल है। ये हर पल बदलने वाला राग है, इसके आरोह-अवरोह का कोई क्रम नहीं है।"

अनु ने इस बार कोई जवाब नहीं दिया। कुछ कहने की बजाय उसने उस्ताद के हाथों से अपना दायाँ हाथ छुड़ाया और अपनी दाईं बाँह उनके कन्धे पर डाल दी। और उनकी चौड़ी छाती में अपना सिर रखकर दुबक गई।

अब उन्हें अपनी अनुभूतियों को व्यक्त करने के लिए किसी शब्द की ज़रूरत नहीं थी। वे अनु के माथे पर हाथ फेरते रहे और अनु खिड़की से बाहर बादलों के बीच फैली हल्की सुनहरी आभा को देखने लगी। एक काले बादल के विस्तृत छोर पर उस सुनहरी चमक ने आनेवाले नए दिन की इबारत लिखनी शुरू कर दी थी। अनु को उस आभा में नवजीवन की बहुत उज्ज्वल रूपरेखा दिखाई दी। उसने उस चमक को अपनी आँखों में भर लिया और पलकें उठाकर अपने हमसफ़र की तरफ़ देखा।

अब कुछ भी कहने-सुनने की ज़रूरत नहीं थी। फ़्लाइट जब लैंड हुई, तो वे हवाई जहाज़ से बाहर आकर ऐसे हाथ में हाथ डाले चलने लगे कि कोई भी उनकी उस वक़्त की अन्तरंगता को देखकर यह सोच नहीं सकता था कि सिर्फ़ बारह घंटे पहले वे पहली बार मिले थे और इससे पहले उन्होंने एक-दूसरे को कभी देखा भी नहीं था।

अनु इवेंट मैनेजमेंट के क्षेत्र में थी। जिस कम्पनी में वह काम करती थी, वह कम्पनी राष्ट्रीय और अन्तरराष्ट्रीय मंचीय कलाओं के आयोजन और नियोजन का काम करती थी। पहले इस तरह के काम विभिन्न देशों के संस्कृति विभागों के हाथों में थे, लेकिन उनके बीच न तो आपस में कोई तालमेल था और न ही वे इतने प्रोफ़ेशनल थे कि इस तरह के आयोजनों को कोई व्यावसायिक रूप दे पाते।

कलाकारों और आयोजकों के बीच यह जो एक बड़ा गैप था, उस गैप को कैप्चर करने में कम्पनी ने पूरा ज़ोर लगा दिया और कुछ ही सालों में वह विभिन्न देशों के स्टेज आर्टिस्ट को अपने ब्रांड के नीचे एसोसियेट करने में कामयाब हो गई।

'यूनिवर्सल स्टेज' का नाम यह ब्रांड अब ऊँची क़ीमत पर कलाकारों को ख़रीदता है और कई गुना ज़्यादा क़ीमत पर उन्हें बेचता है।

इस बार उसकी कम्पनी ने उसे लन्दन और वियेना की ट्रिप पर भेजा था। इन दोनों कार्यक्रमों में कुछ अन्य प्रस्तुतियों के साथ उस्ताद सुजोय बेड़िया के सितार वादन का कार्यक्रम भी शामिल था।

इस कार्यक्रम में 'वे' भी शामिल हैं, यह बात अनु को मालूम नहीं थी। दरअसल उसे कम्पनी से जो आइटनरी मिली थी, उसमें सिर्फ़ यात्रा कार्यक्रम और यात्री संख्या का विवरण था। आयोजन की रूपरेखा और उसकी फ़ाइनल डिज़ाइन उसे मेल से मिलने वाली थी।

अब वे एक ही कार्यक्रम के भागीदार थे। भागीदारी के इस सुखद संयोग ने उन दोनों को इतना रोमांचित और उत्फुल्ल कर दिया था कि वे बच्चों जैसे उत्साह से भर गए। अब वे एक पल के लिए भी एक-दूसरे से अलग नहीं होना चाहते थे।

होटल में फ्रेश होने के बाद डायनिंग हॉल में दोनों ने एक साथ ब्रेकफास्ट लिया और अपने-अपने काम के सिलसिले में व्यस्त हो गए। हालाँकि दोनों के काम अलग-अलग थे, लेकिन उनके सूत्र आपस में जुड़े हुए थे। एक को अपनी प्रस्तुति देनी थी और दूसरे को उस प्रस्तुतिकरण को सुसज्जित और व्यवस्थित करना था।

दूसरे दिन शाम को जब वे रॉयल एलबर्ट हॉल पहुँचे तो स्वागत द्वार पर अनु ने एक गुलदस्ता देकर उनका स्वागत किया और धीरे से उनके कानों में कहा, "मंच पर जाने से पहले आपको मेरा एक काम देखना पड़ेगा... आइए, इधर आइए।"

अनु बहुत उत्साहित थी। वह उनका हाथ थामकर लाउंज में उस तरफ़ बढ़ी जहाँ दो प्रवेश-द्वारों के बीच एक गोलाकार भीड़ खड़ी थी। वे जब उस तरफ़ बढ़े तो कुछ लोगों ने सम्मानपूर्वक पीछे हटते हुए उन्हें जगह दे दी।

जब वे वहाँ पहुँचे तो आश्चर्य और ख़ुशी से उनकी आँखें खुली रह गईं। उनके ठीक सामने ज़मीन पर लगभग 15-15 वर्गफुट लम्बी-चौड़ी एक रंगोली

चित्रित की गई थी। इस रंगोली में इलाहाबाद के उसी कार्यक्रम के फ़ोटोग्राफ को चित्रित किया गया था। उनका और अनामिका का आदमकद पोर्टेट। वे आँखें बन्द किए हुए सितार बजा रहे हैं और अनामिका तानपूरा बजाते हुए उन्हें देख रही है। उन दोनों के अलावा उस कार्यक्रम में साथ देनेवाले हारमोनियम और तबलावादक को तथा सभी कलाकारों के वाद्ययन्त्रों का चित्रण भी इतना सजीव और स्वाभाविक था और रंगों का संयोजन भी इतना वास्तविक था कि यह लग ही नहीं रहा था कि यह रंगोली है। फ़ोटोग्राफ के इस हूबहूपन को रंगोली के फॉर्म में ढालने में अनु ने जिस दक्षता का परिचय दिया था, उससे वे इतने प्रभावित हो गए कि उन्होंने अनु को आलिंगन में ले लिया और उसके माथे को एक प्रगाढ़ चुम्बन से अलंकृत कर दिया।

अनु की इस कला से सिर्फ़ वे ही प्रभावित नहीं हुए थे, बल्कि संगीत सुनने आए श्रोता भी सिर्फ़ दर्शक बनकर रह गए थे। वे सब इस संयोजन से अभिभूत थे और अपलक इस कलाकृति को निहार रहे थे। लेकिन न तो उन्हें और न ही उन श्रोताओं-दर्शकों को यह मालूम था कि कुछ ही देर बाद उन्हें एक और अभिभूत और भाव-विभोर कर देनेवाले दृश्य को देखने का सौभाग्य प्राप्त होने वाला है।

जब वे वी.आई.पी. गेट से मंच की तरफ़ जानेवाले रास्ते को पार करते हुए मंच पर पहुँचे तो मंच की सजावट देखकर फिर से रोमांचित हो उठे। रॉयल एलबर्ट हॉल के उस मंच को इलाहाबाद की भातखंडे संगीत अकादमी के मंच जैसा रूप देने के लिए अनु ने जितनी शिद्दत और मेहनत के साथ जो कुछ भी किया होगा, वह उतने ही प्रभावशाली ढंग से अप्लाई हुआ था। गुलाब, मोंगरा और गेंदे के फूलों की लड़ियों से डिज़ाइन तैयार की गई थी, जिसमें भारतीय संगीत की आवृत्ति मूलकता को केन्द्र में रखा गया था। यह पूरी डिज़ाइन सम्पूर्ण भारतीय आध्यात्मिक दर्शन से जुड़ी थी जहाँ टोम नोम टोम नोम का नाद और सूर्य चन्द्रमा और पृथ्वी का आवृत्ति में घूमता क्रम था। सम से सम पर लौटने की प्रक्रिया, जो स्टेज के पार्श्व के फूलों से चित्रित की गई थी, जो न केवल सौन्दर्यबोध को बढ़ा रही थी, बल्कि उसकी मिली-जुली सुगन्धियों ने एक नया

विन्यास रच दिया था। एक भीनी-भीनी-सी शफ़्फ़ाफ़ी पूरे वातावरण में फैली हुई थी, जो किसी लय में घुल जाने के लिए बेताब थी।

मंच पर अपने आसन पर बैठने के बाद पर्दा खुलने से पहले उन्होंने कुछ देर 'ध्यान' लगाया। एकाग्रचित्त होने के लिए वे अपनी हर प्रस्तुति से पहले ध्यान लगाते रहे हैं और ऐसा करते ही हर बार उन्हें ये लगता था कि वे बाहरी दुनिया से अपने अन्दर और अपनी निजी दुनिया से बाहर आ गए हैं।

पर्दा खुलते ही तालियों की गड़गड़ाहट के साथ कलाकारों का स्वागत हुआ। उन्होंने हाथ जोड़कर सबका अभिवादन किया। फिर दो उद्घोषकों ने हिन्दी और अंग्रेज़ी में उनका और उनकी संगीत-यात्रा का परिचय दिया। फिर संगीत-मंडली के अन्य कलाकारों का परिचय दिया गया और सभी का गुलदस्ते से स्वागत हुआ।

इस औपचारिकता के बाद उन्होंने बजाना शुरू किया और कुछ ही देर में उन्हें यह लगने लगा कि वे आज ठीक से ध्यान नहीं लगा पाए हैं। हालाँकि वहाँ ऐसा कोई व्यवधान नहीं आया था, लेकिन उन्हें लग रहा था कि उनके अन्तर्मन और उनके स्वरों के बीच कोई चीज़ चली आई है और उसके आते ही उनके वादन में एक अजीब तरह की बेरुख़ी और बेतरतीबी आ गई है। वे राग बागेश्वरी के विलम्बित स्वरों के साथ चल रहे थे मगर कुछ देर बाद उनकी उँगलियाँ ख़ुद-ब-ख़ुद रुक गईं। इस रुकावट को संगत करनेवाले दूसरे साजिन्दे समझ नहीं पाए। वे कुछ जिज्ञासा और अचरज-भरी नज़रों से उस्ताद को देखते हुए रुकावट के कारण को समझने की कोशिश कर रहे थे। वे यह तो समझ गए थे कि ये किसी संगतकार को दिया जाना वाला 'स्पेस' नहीं था। क्योंकि जब भी वे किसी हारमोनियम, तबला या सारंगी बजानेवाले को 'स्पेस' देते थे, तो मुस्कराकर एक छोटा-सा प्यार भरा इशारा करते थे, ताकि संगत करने वाला भी रागदारी में अपनी हिस्सेदारी को बढ़ा सके। लेकिन उस दिन न तो वे मुस्कराए, न कोई प्यार भरा इशारा किया। वे किसी ख़याल में खो गए थे। हॉल में बैठे श्रोता भी मुँह पर हाथ रखे गम्भीरता से इस रुकावट के कारण को समझने की कोशिश कर रहे थे। फिर उस्ताद की उँगलियाँ जब हरकत में आईं

तो सभी संगतकार एक पल के लिए अचम्भित रह गए। उस्ताद ने अचानक राग यमन छेड़ दिया था।

किसी एक राग को अधूरा छोड़कर दूसरे राग पर जाना पहले बजाए जा रहे राग का अनादर था। उन्होंने उस्ताद को कभी इस तरह की गड़बड़ी करते हुए नहीं देखा था और न ही कभी वे अपने निजी कारणों से इस तरह का बदलाव करते पाए गए थे। इस विचलन से हालाँकि रस-प्रक्रिया पूरी तरह से खंडित हो गई थी लेकिन अब जो होना था, वो हो चुका था और संगतकारों के पास इसके अलावा कोई चारा नहीं था कि वे उस्ताद के उस वक़्त के 'मूड' का साथ निभाते चलें। मिले हुए साजों को फिर से दूसरे सुरों पर मिलाने में कुछ वक़्त लगा। स्वर के तीनों सप्तकों के बीच अपने-अपने वाद्य की टोनल शुद्धता को परखने के बाद हारमोनियम और सारंगी के स्वर इस नए बजाए जा रहे राग के साथ आगे बढ़े और एक अन्तराल के बाद तबले की तालें भी उसी स्वर-संगति में शामिल हो गईं और वे पूरी तरह से डूबकर बजाने लगे।

उस्ताद की आँखें अभी तक बन्द थीं। वे जिस राग को बजा रहे थे, उस राग में हालाँकि उनका पूरा चित्त रम गया था, लेकिन उन्हें अपनी बन्द आँखों के सामने तानपूरे के तारों की लहलहाती उँगलियाँ दिखाई दे रही थीं। ये उँगलियाँ अनामिका की थीं। वे एक बार फिर स्मृतियों में खो गए थे। एक तरफ़ रागदारी अपना काम कर रही थी, दूसरी तरफ़ यादें अपने सफ़र पर थीं।

बरसों पहले जब वे एक उभरते हुए सितारवादक थे और इलाहाबाद में अपना कार्यक्रम देने गए थे, तब पहली बार उन्होंने अनामिका को देखा था। तानपूरे के दंड से उसका छोटा-सा कोमल चेहरा सटा हुआ था और उसके दाएँ हाथ की सफ़ेद और गुलाबी पोरों वाली उँगलियाँ तानपूरे के तारों को सहला रही थीं। कुछ देर वे ध्यानपूर्वक तानपूरे के स्वरों को सुनते रहे। कुछ ही देर में उन्हें समझ में आ गया कि उसका स्वर-विन्यास निर्दोष है। लेकिन कुछ देर बाद उन्हें ख़ुद यह समझ में नहीं आया कि उनका ध्यान स्वरों पर है या उन

उँगलियों की सुन्दरता पर। दरअसल वे उँगलियाँ सिर्फ़ तानपूरे के तारों पर नहीं बल्कि वहाँ स्पन्दित हो रही थीं, जहाँ उनकी सृजन-प्रक्रिया अपना रूप और आकार ग्रहण करती थी।

उस दिन वे शुद्ध कल्याण बजा रहे थे लेकिन उनका मन बजाए जा रहे राग पर नहीं, उन उँगलियों पर बार-बार मुड़कर जा रहा था, क्योंकि वे उँगलियाँ उनकी माँ की उँगलियों जैसी थीं। हूबहू उतनी ही सुन्दर, उतनी ही प्रेमिल और उतनी ही स्पन्दित करती हुई।

फिर जब वे राग की मध्यलय में पहुँचे थे तो उनकी गर्दन ऊपर उठ गई थी और आँखें बन्द हो गई थीं और उस दिन भी वे स्मृतियों में खो गए थे। उनकी बन्द आँखों के सामने जो 'सिनेरियो' था उसके केन्द्र में माँ थीं। स्मृतियों और अनुभूतियों की आवृत्तियाँ भी संगीत की आवृत्तियों से अलग नहीं होतीं। उन्हें भी सम से सम पर आना होता है।

उन्हें स्मृति में सबसे पहले माँ के कोमल हाथों के स्पर्श की अनुभूति हुई, वे हाथ जो उनके चेहरे को एक दायरे में घेर लेते थे। माँ के होंठ, जो उनके गालों पर और उनके माथे पर अपना रसीला प्रेम उड़ेल देते थे। माँ की वे आँखें, जो उनकी आँखों को निहारते समय कहीं खो जाती थीं, जैसे वह सिर्फ़ उनकी आँखों को नहीं, बल्कि आँखों के पार कुछ और देख रही हों। माँ की तर्जनी, जिसे थामकर उन्होंने चलना सीखा था।

यही वह उँगली थी, जिसने उन्हें चलना सिखाया था, यही वह उँगली थी, जिसके स्पन्दन से प्रेम और सृजन की गंगा-जमुना बहती थी और इसी उँगली पर एक दिन माँ ने कपड़े की काली पट्टी बाँध दी थी। यह काली पट्टी सुदीप बंद्योपाध्याय के असमय देहान्त के शोक और इस दुनिया की हृदयहीनता के ख़िलाफ़ प्रतिरोध को दर्शाने के लिए बाँधी गई थी। इसी हृदयहीनता के कारण सुदीप ने अपनी अन्तिम इच्छा ज़ाहिर की थी कि उनके शव को सफ़ेद नहीं, काला कफ़न ओढ़ाया जाए। माँ ने उनकी अन्तिम इच्छा पूरी की थी और उसी काले कफन की एक पट्टी फाड़कर अपनी तर्जनी पर बाँध ली थी।

शोक और प्रतिरोध कभी एक-दूसरे के पूरक नहीं होते, लेकिन माँ के

जीवन के अब यही दो स्थायी भाव थे।

इस हादसे से पहले माँ कितनी परिपूर्ण-सी थीं। अब वह उतनी ही अधूरी और अनिश्चित-सी लगती हैं। उनके व्यक्तित्व की वो समरसता, जो उसका आधार थी, अब विखंडित हो गई थी। पहले वे जब भी कहीं कार्यक्रम देने जाते थे, माँ उन्हें दाएँ हाथ से आशीर्वाद देती थी, अब बाएँ हाथ से देती हैं। उँगली पर बँधी उस काली पट्टी ने उनके दाएँ हाथ को किसी भी तरह से शुभ कार्य के लिए वंचित कर दिया था।

उस दिन इलाहाबाद का वह कार्यक्रम सिर्फ़ कार्यक्रम नहीं था, वादन सिर्फ़ वादन नहीं था और अनामिका की संगत सिर्फ़ संगत नहीं थी। उस संगत ने एक नए भावबोध को जगाया था। एक नई समस्वरित उँगली ने एक पुरानी काली पट्टी से बँधी उँगली की कठोर रुक्षता और उसके स्थगन को सहलाया था।

उस प्रस्तुति के बाद कार्यक्रम के समापन और सभी कलाकारों के अभिवादन के बाद उनकी संगीत-मंडली को अकेडमी के जलपान-गृह में सम्मानपूर्वक आमन्त्रित किया गया था।

अनामिका चाय के टेबल पर उनके सामने बैठी थी। उसके दोनों हाथ टेबल पर थे और वे एक बार फिर उसके दाएँ हाथ को निहार रहे थे।

अनामिका बहुत देर से यह महसूस कर रही थी कि कुछ हो रहा है। कुछ ऐसा जो पहले कभी नहीं हुआ। उसके नारीसुलभ सहजबोध ने उस्ताद के उस वक़्त के मनोभावों को शाब्दिक रूप से नहीं, लेकिन आंशिक रूप से समझ लिया था।

"आप मेरे बजाने के ढंग को बहुत ग़ौर से देख रहे थे। क्या मैं स्वरों को ठीक तरह से मिला नहीं पा रही थी?"

"नहीं-नहीं... तुम्हारे स्वरों में कोई दोष नहीं था। दरअसल मैं तुम्हारा वादन नहीं सुन रहा था, तुम्हारी उँगलियों को देख रहा था। तुम्हारी उँगलियाँ तानपूरे को सिर्फ़ ध्वनित ही नहीं कर रही थीं, बल्कि उसे सुशोभित भी कर रही थीं।"

अनामिका इस प्रशंसा से इतनी शरमा गई कि औपचारिक रूप से धन्यवाद देना भी उसे याद नहीं रहा।

"कार्यक्रम शुरू होने से पहले पूरी संगीत-मंडली का परिचय करवाया गया था, लेकिन मैं ज़रा देर से स्टेज पर पहुँचा था, इसलिए मैं अभी तक तुम्हारे नाम से परिचत नहीं हूँ।"

"जी मेरा नाम अनामिका है।" अनामिका ने जैसे ही अपना नाम बताया, सुजोय ने कुछ कहने की बजाय अचम्भित होकर दायाँ हाथ अपने होंठों पर रख दिया। वे कुछ देर सुखद आश्चर्य से उसे देखते रहे, फिर गहरी साँस ली और सिर झुकाकर मन ही मन मुस्कराने लगे।

"क्यों, क्या हुआ? आप मेरा नाम सुनकर चौंक क्यों गए?" अनामिका ने सुकोमल मुस्कराहट के साथ पूछा। सुजोय ने कुछ छुपानेवाले भाव से 'कुछ नहीं' कहा और मुस्कराते हुए चाय का कप उठा लिया, "लीजिए, चाय पीजिए।" उन्होंने खड़े होकर बड़े अदब से चाय का कप पेश किया।

अनामिका ने थोड़े संकोच के साथ चाय उनके हाथ से ले ली।

"आप कब से संगीत से जुड़ी है?" कुर्सी पर बैठते हुए सुजोय ने पूछा।

"पहले आप मुझे ये बताइए कि अपनी बातचीत की शुरुआत में आपने मुझे 'तुम' कहकर सम्बोधित किया था, और अब अचानक 'आप' पर कैसे आ गए?"

"बताऊँगा, बाद मैं बताऊँगा। पहले आप मेरे सवाल का जवाब दीजिए।"

"नहीं, पहले मुझे आप बताइए, आपने मुझे आप क्यों कहा?" अनामिका ने रूठते हुए कहा।

"मैंने कहा न, बाद में बताऊँगा। पहले आप बताइए आपने संगीत कब से शुरू किया!"

"मैं बचपन से संगीत से जुड़ी हूँ। मेरे पिताजी शास्त्रीय संगीत के विशेषज्ञ हैं। उन्होंने भारतीय शास्त्रीय संगीत पर और हमारे दौर के कई प्रमुख संगीतकारों पर लिखा है।"

"क्या मैं उनका नाम जान सकता हूँ?"

"विभूति नारायण मिश्र।"

"ओह! अच्छा तो आप विभूतिजी की बेटी हैं! मैं उन्हें जानता हूँ। उन्होंने मेरा भी इंटरव्यू लिया था।"

"जी! मैंने वो इंटरव्यू पढ़ा था।"

"अच्छा आपने पढ़ा था? कैसा लगा था आपको?"

"बहुत अच्छा... आप अपने संगीत-सम्बन्धी विचारों में बहुत उदार हैं। लेकिन संगीत की दुनिया के भीतर जो अनेक विवादास्पद मुद्दे हैं, उन्हें उठाने का जोख़िम उठाने में आप कभी पीछे नहीं हटते। संगीत कलाकारों के साथ होनेवाले किसी भी तरह के अन्याय को आप बर्दाश्त नहीं करते। ख़ासतौर पर शास्त्रीय संगीत में पिछड़े वर्ग और निचली जातियों के कलाकारों की अनुपस्थिति और उच्चवर्ग के प्रभुत्व को आपने बहुत गहराई से महसूस किया और इस भेदभाव को मिटाने में आपने बहुत बड़ी भूमिका निभाई है।"

अपनी इस प्रशंसा से प्रफुल्लित होने की बजाय वे कुछ देर अनामिका के चेहरे को देखते रहे।

"आपकी एक और बात मुझे उस इंटरव्यू में अच्छी लगी थी।"

सुजोय बहुत ध्यान से उसकी बात सुन रहे थे।

"आपने कहा था कि हमारे मौजूदा गायन और वादन में मध्यलय का बहुत तेज़ी से क्षरण हो रहा है जबकि मध्यलय ही संगीत का मूलाधार है। उसी सन्दर्भ में आपने ये भी कहा था कि अब गाने-बजानेवाले संगीत के विभिन्न अंगों को समेटने की बजाय श्रोताओं से तालियाँ बजवाने के लिए बहुत ज़ल्द द्रुत लय में चले जाते हैं और उनकी जुगलबन्दियाँ भी अकसर उठा-पटक के तमाशे में बदल जाती हैं।"

"हूँSS..." सुजोय ने अनामिका की पूरी बात सुनने के बाद निःश्वास छोड़ते हुए कहा।

"हम अकसर यह भूल जाते हैं कि हर माध्यम का अपना एक अन्तर्निहित स्वभाव होता है। हमारे संगीत का स्वभाव सरल सहजता का स्वभाव है। उसको बरतते समय गाने-बजानेवाले को भी वैसा ही होना पड़ेगा। हमारा संगीत किसी

को ऑब्सेशन की छूट नहीं देता।"

"लेकिन माध्यम के साथ सम्बन्ध तो कई बार बनता-बिगड़ता रहा है। माध्यम को समझने की प्रक्रिया में भी कभी-कभी कुछ ग़लतियाँ हो जाती हैं। इन्हीं ग़लतियों से हम यह सीख पाते हैं कि किसी कृति को उसकी निष्पत्ति तक कैसे पहुँचाया जाए! बात सिर्फ़ इतनी-सी है अनामिकाजी कि जीवन हो या संगीत, सबसे बड़ी चीज़ है अनुभूति। किसी चीज़ को सम्प्रेषित करने से पहले यह देखा जाना चाहिए कि उस चीज़ की अनुभूति, उसका अहसास आपके भीतर कैसा है!"

अनामिका एकटक सुजोय के चेहरे को निहार रही थी।

"स्वरों से आपका लगाव तब तक कारगर नहीं हो सकता, जब तक जीवन और उसकी गहरी अनुभूतियों से लगाव न हो।" सुजोय ने अपनी बात पूरी करने के बाद चाय का अन्तिम घूँट हलक से नीचे उतारा और कप टेबल पर रख दिया, "अच्छा अब ये बताइए अनामिकाजी कि आपने किसी एकल वाद्य या गायन की बजाय तानपूरे को ही क्यों चुना?"

अनामिका कुछ देर सोचती रही, फिर कहा, "मेरा मूल माध्यम तो वैसे गायन था, लेकिन फिर मुझे लगा... मुझे लगा कि..." उसने अपनी बात अधूरी छोड़ दी।

"हाँ-हाँ बोलिए, क्या लगता है आपको?"

"नहीं-नहीं, छोटा मुँह बड़ी बात हो जाएगी।"

"अरे, ये कोई बात हुई! आप तो विभूतिजी की बेटी हैं, आपको तो अपनी हर बात अधिकारपूर्वक कहनी चाहिए।"

सुजोय की इस ब़ात पर अनामिका और भी शरमा गई। उसने अपने दोनों कान पकड़ लिए और इनकार में सिर हिलाने लगी।

"ठीक है, फिर मैं भी आपको नहीं बताऊँगा कि मैंने आपको एक बार तुम कहने के बाद आप कहना क्यों शुरू कर दिया।"

"नहीं-नहीं, मैं बताती हूँ मैं बताती हूँ... दरअसल मुझे ये लगता है कि किसी भी तरह का सोलो परफार्मेंस कभी न कभी हमें आत्ममोह की स्थिति में

डाल देता है, लेकिन संगत करते रहने से आप इस स्थिति से बचे रह सकते हैं! है न!"

इस जवाब को सुनकर वे कुछ देर सोच में डूब गए। उन्हें समझ में नहीं आया कि अनामिका के इस 'है न!' का क्या जवाब दें।

"सॉरी सर! आप मेरी बात का बुरा तो नहीं मान गए?"

"नहीं-नहीं, ऐसी बात नहीं है। हम फिर कभी इस बारे में बात करेंगे। आपने अच्छा विषय उठाया है।"

चाय-नाश्ते के बाद वे सब उठ गए। उन्हें सी-ऑफ करनेवालों में अनामिका भी थी। विदा होने से पहले उन्होंने सबको प्रणाम किया और अनामिका की तरफ़ प्यार-भरी नज़रों से देखते हुए कहा, "बहुत अच्छा लगा आपसे मिलकर!"

"सर, एक बात पूछूँ?" अनामिका के चेहरे पर एक बार फिर शर्मीली मुस्कराहट आ गई।

"मैं जानता हूँ, आप क्या पूछना चाहती हैं।"

"तो फिर बताइए न!"

"फिर कभी।"

"नहीं-नहीं, अभी बताइए।"

"कहा न, फिर कभी।"

"नहीं, अभी।"

सुजोय इसकी इस बच्चों जैसी हठ पर मुग्ध हो गए, "तो फिर सुनो। मेरी माँ का नाम भी अनामिका है और वे भी तानपूरा ही बजाती थीं। अब बताइए मैं आपको आप न कहूँ तो क्या कहूँ?"

इस बार अचम्भित होने और होंठों पर अपना दायाँ हाथ रखने की बारी अनामिका की थी। वह सुखद आश्चर्य से उन्हें देखती रह गई।

जब सुजोय कार में बैठकर चले गए, तब भी एक अनजानी-सी ख़ुशी अनामिका के चेहरे पर छाई हुई थी।

कार धीरे से आगे बढ़ी। कुछ दूर जाने के बाद जब कार कम्पाउंड के गेट

की तरफ़ जाने के लिए मुड़ी तो उन्होंने मुड़कर अनामिका की तरफ़ देखा। वे दोनों मुस्करा रहे थे और दरअसल यह मुस्कराहट सिर्फ़ मुस्कराहट नहीं थी, वह एक स्वर से दूसरे स्वर पर जाने की हल्की-सी और बेहद प्यार भरी सरकन थी–दो अनजाने से स्वर अपने-अपने ऑक्टेव से सरककर एक अलग तरह की म्यूजिशियनशिप के परिणय में आबद्ध हो गए थे।

आने वाले दिनों में उन सुरों का सुरीलापन बढ़ता चला गया। फिर कई मुलाक़ातें हुईं, बातें हुईं और अनेक बार दोनों ने मंच साझा किया।

माँ के प्रेम की डोर के साथ अब एक और नए सूत्र की बुनावट शुरू हो गई। यहाँ भी उतनी ही गहरी शिद्दत थी, जितनी माँ और पिता के प्रेम में थी। यहाँ भी उम्र और जाति का उतना ही बड़ा फ़ासला था जितना माँ और पिता के बीच था। पिता माँ से उम्र में तेरह साल बड़े थे और एक कुलीन और सुसंस्कृत घराने के ब्राह्मण थे। और माँ आगरे की बेड़िनियों की परम्परा से आई हुई एक 'किरदार' थी। एक ऐसी किरदार जो किसी 'प्रवाह' को एक नया मोड़ देने में और किसी 'भटकाव' को एक नई मंज़िल तक पहुँचाने में बड़ा रोल अदा करती है, मगर उसका ख़ुद का कोई वजूद नहीं होता।

अब रही बात ख़ुद सुजोय के वजूद की तो बात सिर्फ़ इतनी-सी है कि अपनी कला की बदौलत सुजोय चाहे सितार की दुनिया के सिरमौर थे लेकिन समाज की नज़र में वे सिर्फ़ एक 'वर्णसंकर' थे–एक वेश्यापुत्र, एक नाजायज़ औलाद। और उनकी इसकी पारिवारिक पृष्ठभूमि के कारण संगीत कला के मर्मज्ञ श्री विभूति नारायण मिश्र ने अपनी बेटी का हाथ उनके हाथ में देने से इनकार कर दिया और एक इनकम टैक्स ऑफ़िसर से अपनी बेटी का विवाह करवा दिया।

इस दुखद हादसे ने उन्हें विचलित कर दिया। लेकिन एक दिन रियाज़ के दौरान उनके अन्तर्मन ने बहुत पारदर्शिता के साथ उनके सामने यह स्पष्ट कर दिया कि कुछ चीज़ें ऐसी होती हैं, जिन पर मनुष्य का इख़्तियार नहीं होता–जैसे माँ का बेड़िनियों के परिवार में जन्म लेना। जैसे ख़ुद उनका एक बेड़िनी की कोख से जन्म लेना। और भी ऐसी बहुत-सी चीज़ें हैं जो हमारे बस में नहीं

होतीं। लेकिन सामाजिक मान्यताएँ, चाहे कितनी भी कठोर क्यों न हों, उन्हें तोड़ा जा सकता है और यह काम उनके पिता ने जिस साहस के साथ किया था, वह बेमिसाल है।

कलकत्ता में माँ की एक मौसी पहले से बसी हुई थी और उसने अपने पेशे को सोनागाछी तक सीमित रखने की बजाय उच्चवर्ग की विलासिता के क्रीड़ांगन तक पहुँचा दिया था और उस क्रीड़ांगन में आगरा से आई अपनी छोटी बहन की बेटी को उतारने के लिए वह किसी नए 'मालदार' की तलाश में थी। पुराने मालदारों से कोई सौदा करने की बजाय नया मालदार ज़्यादा फ़ायदेमन्द होता है क्योंकि वह इस पेशे की बारीक़ियों का जानकार नहीं होता है और उसे मोलभाव करने का कोई अनुभव नहीं होता।

जिस दौर में आगरा की बूढ़ी बेड़नियाँ कलकत्ता आकर अपनी अगली पीढ़ी के लिए भविष्य की तलाश कर रही थीं, उसी दौर में कलकत्ता का कुलीन समाज अपनी नई पीढ़ी के लिए कला की दुनिया में जगह बनाने और उन्हें राष्ट्रीय-अन्तरराष्ट्रीय पहचान दिलाने में लगा था।

यह सब कुछ बहुत नियोजित ढंग से चल रहा था और अभिजात्य अभिभावकों ने अपनी भावी पीढ़ी को एक निश्चित लक्ष्य के लिए भयंकर रूप से अनुशासित और क्रमबद्ध कर दिया था। ठीक वैसे ही, जैसे बेड़नियों ने अपनी भावी पीढ़ी की लड़कियों को सिर्फ़ एक तिजारती सामान में बदल दिया था।

लेकिन सुदीप बंद्योपाध्याय उन कलाकारों में से नहीं थे, जिन्हें प्रायोजित ढंग से कहीं भी पहुँचा दिया गया हो। उनके अन्दर एक कलाकार की आत्मा के मूलभूत गुण थे। यह सच है कि उन्हें प्रायोजित ढंग से आगे बढ़ाने और कुछ गरिमामय आयोजनों के मंच तक पहुँचाने में उनके पिता की बड़ी भूमिका थी।

सबसे बड़ा काम तो उन्होंने ये किया था कि उन्होंने सुदीप की शादी एक ऐसी लड़की से करवा दी थी, जिसके पिता कला और सत्ता के बीच एक महत्त्वपूर्ण सूत्रधार थे। वे न केवल देश-विदेश की एम्बेसी के एक महत्त्वपूर्ण सूत्रधार थे बल्कि कई देशों के कल्चरल फोरम से भी जुड़े थे।

इन सब सम्बन्धों और समीकरणों ने हालाँकि सुदीप बंद्योपाध्याय को

तुरन्त ऊँची जगह पर पहुँचा दिया था, लेकिन उन्हें बार-बार यह लगता था कि वे जहाँ भी हैं, सिर्फ़ अपनी कला के बूते पर नहीं हैं, बल्कि उनके पिता और उनके ससुर के सपोर्ट के कारण हैं। ये बात उन्हें भीतर ही भीतर कचोटती थी, लेकिन उस घेरे को तोड़कर बाहर निकलने का साहस उनमें नहीं था।

लेकिन एक रात संगीत के एक कार्यक्रम के बाद संगीत के एक मुँहफट समालोचक ने सरेआम यह कह दिया कि 'सुदीप बंद्योपाध्याय एक लम्बी रेस का घोड़ा है लेकिन उसे ताँगे में जोत दिया गया है और जिस दिन वह अपने ऊपर बँधी इस काठी को उतार फेंकेगा, उस दिन उसे मालूम पड़ेगा कि असली रेस क्या होती है। अगर सुदीप की कला में कोई मौलिक प्रतिभा न होती तो मुझे कोई अफ़सोस नहीं होता, लेकिन अफ़सोस! एक असली कलाकार नकली लोगों से घिरा हुआ है।'

यह बात हालाँकि सकारात्मक रूप से कही गई थी, लेकिन सुदीप का मन एकदम से उचट गया। उस दिन उनके अन्दर कला के प्रायोजित हथकंडों के ख़िलाफ़ जो क्षोभ की लहर उठी थी, उस लहर ने सिर्फ़ उनकी कला को ही नहीं, उनके जीवन को भी बुरी तरह से प्रभावित कर दिया था। वे न केवल कला से विरक्त होने लगे, बल्कि अपने निजी जीवन में अपनी पत्नी से भी विरक्त हो गए। उन्हें लगने लगा कि उनका विवाह भी इसी प्रायोजित हथकंडे का एक पार्ट है।

वे अपने बारे में कोई ठोस निर्णय नहीं ले पाए और भटकाव के शिकार हो गए। जिस सदाचार और कुलीन अनुशासन ने उन्हें जकड़ लिया था, वे उनके ख़िलाफ़ चलते गए और हर तरह की मर्यादा को त्यागकर उन्होंने अपने स्वत्व को उन्मुक्त छोड़ दिया।

इसी भटकाव और इसी उन्मुक्तता ने उन्हें एक दिन विलासिता के क्रीड़ांगन में पहुँचा दिया, जहाँ उनकी मुलाक़ात आगरे से आई हुई उस लड़की से हुई, जिसका नाम अनामिका था।

अनामिका को जब सुदीप से मिलवाया गया था तब सुदीप एक तरह की अबोध उत्तेजना के शिकार थे। लेकिन, फिर भी उन्होंने उस वक़्त उस पेशेवर

'मिलन' से इनकार कर दिया। उसका कारण था अनामिका के चेहरे का वह भाव, जिसे देखकर उनके अन्दर एक अजीब तरह का स्खलन हुआ, किसी तरह की उत्तेजना के कारण नहीं, बल्कि उस उच्चतर संवेदना के कारण, जिसे परिभाषित नहीं किया जा सकता। वहाँ उस वक़्त जो कुछ भी हुआ था, उसके प्रभाव ने उन्हें एक उदात्त प्रवाह की ओर मोड़ दिया और इसी प्रवाह ने आगरा से आई उस तेईस साल की युवती के भविष्य को विलासिता के क्रीड़ांगन से निकालकर शान्तिनिकेतन पहुँचा दिया। उन्होंने उस लड़की की माँ को भी आश्रय दिया और आजीवन एक ऐसे रिश्ते को निभाते रहे, जिसे समाज कभी स्वीकृति या मान्यता नहीं देता।

उस लड़की के उनके जीवन में आने के बाद उनका वादन और अधिक प्रांजल और पारदर्शी होता चला गया। और वे बिना किसी सहारे के बिना किसी प्रायोजित हथकंडे के आगे बढ़ते चले गए। जैसे-जैसे उनके संगीत की गुणवत्ता बढ़ती जा रही थी, वैसे-वैसे उस अबोध लड़की के प्रति उनका प्रेम बढ़ता चला गया और जब वह शान्तिनिकेतन से अपने गायन की शिक्षा पूरी कर बाहर आई तो दोनों साथ-साथ रहने लगे, बिना किसी शर्त के बिना किसी सामाजिक रीतियों का पालन किए। वे अपने संगीत कार्यक्रमों में भी साथ-साथ रहते थे, लेकिन माँ ने पिता की अनेक विनतियों के बावजूद एक गायिका के रूप में अपनी प्रस्तुति कभी नहीं दी। वे उनके साथ मंच पर सिर्फ़ तानपूरा बजाती थीं। सार्वजनिक रूप से उन्होंने कभी अपना गायन पेश नहीं किया। वे सिर्फ़ अपने प्रियतम के लिए गाती थीं। उनके गायन के एकमात्र श्रोता सिर्फ़ सुदीप बंद्योपाध्याय थे।

उन सम्बन्धों के परिणाम जो हो सकते थे, वही हुए। उनका प्रेम एक सन्तान के रूप में प्रतिफलित हुआ और साथ ही साथ उनका सामाजिक जीवन भी हमेशा के लिए खंडित हो गया। वे बंद्योपाध्याय परिवार की विरासत से भी वंचित हुए और साथ ही साथ उन्हें एक ऐसे स्वत्व की प्राप्ति हुई, जिसका मूल्य विरासत में मिलनेवाली सम्पत्ति से ज़्यादा था।

अपने समाज के प्रति अपने रोष और अपनी प्रियतमा के प्रति अपने प्रेम

को व्यक्त करने के लिए उनकी सबसे बड़ी प्रतिक्रिया यह थी कि उन्होंने अपने बेटे के नाम के आगे बंद्योपाध्याय लिखवाने की बजाय 'बेड़िया' लिखवाया। यह जातिसूचक शब्द बेड़नियों की जाति का प्रतिनिधित्व करता था।

बाद में उन दोनों ने अपना प्रेम और अपना संगीत उस बच्चे पर उड़ेल दिया। प्रेम और संगीत से पोषित होनेवाले उस बच्चे के लिए एक छोटा-सा सितार बनवाया गया और सिर्फ़ तीन साल की उम्र में बच्चे के कोमल हाथों ने सितार को थाम लिया था। उस छोटे-से घर में जब सब कुछ ध्वनित और तरंगित हो गया था, तब उसी वक़्त उस बड़े घर में जिसे सुदीप छोड़ आए थे, सब कुछ खंडित और विखंडित हो रहा था। पहले सुदीप की माँ का देहान्त हुआ, फिर पिता ने सारी विरासत अपनी बहू और पोतों के नाम कर दी और सुदीप को हर चीज़ से बेदख़ल कर बेहद क्षोभ और नफ़रत के साथ इस दुनिया को छोड़कर चले गए। उनकी असली तकलीफ़ सिर्फ़ ये नहीं थी कि उनके बेटे ने उनके दिए हुए संस्कारों को त्याग दिया था, बल्कि ये थी कि उनकी बहू ने उनके बेटे को तलाक़ देने से साफ़ इनकार कर दिया था।

जब सुदीप ने तलाक़ के बारे में अपनी पत्नी से बात की तो उसने विनम्रतापूर्वक यह कहते हुए तलाक़ देने से इनकार कर दिया कि आप जैसा चाहे वैसा जीवन जी सकते हैं, मुझे कोई एतराज नहीं है, बस मुझे तलाक़ मत दीजिए। मैं आपकी भावनाओं को समझ रही हूँ, आप भी मेरी भावनाओं को समझिए। मैंने कभी आपसे कोई शिकायत नहीं की है। अगर आपको मुझसे कोई शिकायत है या आपके मन में मेरे प्रति ज़रा-सा भी विरक्ति का भाव है तो तलाक़ के काग़ज़ों पर तुरन्त साइन कर दूँगी।

सुदीप अपर्णा को सिर्फ़ देखते रह गए थे। उन्हें एक बार फिर वैसी ही अनुभूति हुई जैसी पहली बार अनामिका के अबोध चेहरे को देखकर हुई थी। उस दिन वे चुपचाप वहाँ से वापस लौट आए थे लेकिन उनके अन्दर एक गहरा अवसाद घिर आया था–सहानुभूति और पश्चात्ताप का मिला-जुला घोल, जो उनके स्नायुओं में फैल गया था, और तबसे उनके अन्दर प्रेम और पश्चात्ताप की जुगलबन्दी शुरू हो गई थी, जो अन्तहीन थी।

तलाक़ न लेने के उनकी पत्नी के निर्णय और उस निर्णय के साथ जुड़ी उनकी भावनाओं से जब सुदीप ने अनामिका को अवगत कराया, तो वह बिलकुल ख़ामोश हो गई थी। फिर उसके अन्दर कुछ घुमड़ने लगा लेकिन उस वक़्त की अपनी भावनाओं को उसने व्यक्त न होने दिया।

सुदीप पहले ही जीवन के एक और दूसरे पहलू के नाज़ुक सन्तुलन के बीच की कड़ियों की भावाकुलता में अस्थिर से दिखाई दे रहे थे।

दूसरे दिन अनामिका सुदीप से इजाज़त लेकर 'बड़े घर' चली गई। वह पहली बार 'बड़े घर' में आई थी, और पहली बार सुदीप की पत्नी से मिलने जा रही थी। सुदीप ने उसके आने की सूचना पहले ही भेज दी थी।

नियत समय पर जब उसने दरवाज़े की कॉलबेल बजाई तो दरवाज़ा ख़ुद सुदीप की पत्नी अपर्णा ने खोला। उन दोनों ने एक-दूसरे को आमने-सामने पहली बार देखा था। "अनामिका?" अपर्णा ने प्रश्नसूचक दृष्टि से विनम्र निगाह से पूछा। "अर्पणा दी?" अनामिका की आँखों में एक सहमा हुआ-सा भाव था।

अपर्णा ने कोई जवाब देने की बजाय मुस्कराकर उसका हाथ थाम लिया और उसे अपने कमरे में ले आई। कमरे का दरवाज़ा बन्द करते ही उसने अनामिका के दोनों कन्धों पर हाथ रख दिए।

"सुजोय को अपने साथ क्यों नहीं लाईं?" अपर्णा की आँखों में एक मीठी-सी शिकायत थी।

जवाब में अनामिका कुछ कह नहीं पाई। सिर्फ़ उसकी आँखें भीग गईं। लेकिन इससे पहले कि आँसू बहने लगते, अपर्णा ने उसे गले से लगा लिया, "मेरे बारे में ऐसा कुछ मत सोचना अनामिका! मेरे मन में न तो तुम्हारे लिए कोई शिकायत है, न उनके लिए। सुदीप आज भी मेरा उतना ही सम्मान करते हैं और मैं भी उनकी भावनाओं की बहुत कद्र करती हूँ। ऐसे लोग अब इस दुनिया में बहुत कम बचे हैं जो अपनी कला में और अपने जीवन में कोई फ़र्क़ नहीं कर पाते... वे क़ुदरत के अबोध शिशु हैं। हमें उन्हें दुनियादारी से बचाकर रखना चाहिए। पहले यह सिर्फ़ मेरी ज़िम्मेदारी थी, अब तुम भी हमारे जीवन में शामिल हो गई हो। अब तुम्हें भी उनका ध्यान रखना पड़ेगा।

"मुझे कुछ समझ में नहीं आता अपर्णा दी! मैं बहुत छोटी हूँ।"

"तुम्हें कुछ सोचने-समझने की ज़रूरत नहीं है अनामिका! तुम जैसे अपने बच्चे का ध्यान रखती हो न, बस वैसे ही सुदीप का भी ध्यान रखो। एक माँ हमेशा यह जानती है कि उसका बच्चा क्या चाहता है।"

"लेकिन आप?"

"मैं हमेशा तुम्हारे साथ हूँ।"

"मैं जानती हूँ कि आपके मन में मेरे लिए ऐसा कुछ भी नहीं है, लेकिन लोग तो यही कहेंगे कि..."

"लोग क्या कहते हैं, तुम इस बारे में कुछ मत सोचो।" अपर्णा ने ऊँची आवाज़ में कहा, "मेरे अलावा किसी को कुछ कहने का हक नहीं है। तुम सिर्फ़ सुदीप का और बच्चे का ध्यान रखो।"

"क्या मुझे यह हक नहीं है कि मैं आपका भी ध्यान रखूँ।"

इस सवाल पर अपर्णा कुछ देर चुप रही। उसका सिर नीचे झुका रहा। फिर जब कुछ कहने के लिए उसने सिर उठाया तो उसे अनामिका की डबडबाई हुई आँखें दिखाई दीं और तब कुछ कहने की बजाय उसने अनामिका को अपनी बाँहों में ले लिया और यह आलिंगन सिर्फ़ आलिंगन नहीं था, यह एक अलिखित अपरिभाषित अनुबन्ध था जिसमें काली स्याही से नहीं आँसुओं से यह लिखा गया था कि हम सब एक-दूसरे का ध्यान रखेंगे।

उसके बाद ज़िन्दगी यूँ ही चलती रही अनामिका की माँ वापस आगरा चली गईं। वह नहीं चाहती थीं कि उनकी और उनके पारम्परिक पेशे की पृष्ठभूमि की छाया अनामिका के भावी जीवन पर पड़ती रहे।

उसके बाद सुदीप, अपर्णा और अनामिका ने एक अदृश्य त्रिवाध में अपनी-अपनी सरगम पिरो दी। लेकिन इस त्रिवेणी सरगम में एक स्वाराघात ऐसा भी था जिसे तीनों महसूस तो करते थे पर उसे ठीक तरह से पहचान नहीं पाते थे। तीनों को अकसर यह महसूस होता था कि उनके प्रगाढ़ प्रेम और स्नेह में, उनके तरंगित और स्पन्दित होते वादन और जीवन में कहीं कुछ ऐसा है, जो उस लय में बाधा डाल रहा है। शुरू-शुरू में सुदीप को यह समझ में नहीं आया

कि इस बाधा का क्या कारण है लेकिन उनके अवचेतन के महीन रेशों में वह चीज़ धीरे-धीरे अपना विकास कर रही थी और एक दिन जब रियाज़ के दौरान वे बिलकुल 'ट्रांस' की स्थिति में थे तब बन्द आँखों के सामने अपर्णा का चेहरा उभर आया और उन्हें पहली बार महसूस हुआ कि अपर्णा की उदारता और उसके उदात्त प्रेम ने उनके मन में एक हीन ग्रन्थि बना ली है। पहली बार यह लगा कि अपर्णा के सात्विक और कोमल मनोभावों की वे उतनी कद्र नहीं कर पाए, जितनी अपर्णा हमेशा करती आ रही है।

दूसरी तरफ़ अपर्णा भी कुछ अलग तरह की अनुभूतियों से गुज़र रही थी। अपर्णा, जो अनामिका के लिए हमेशा एक मार्मिक संवेदनशीलता से भरी रहती थी, जिसने अनामिका के बच्चे को गोद में लेने और उसे चूमने में कभी किसी तरह के पराएपन को महसूस नहीं किया था लेकिन वह ख़ुद भी नहीं जानती थी कि उसके अवचेतन में भी कोई चीज़ धीरे-धीरे आकार ग्रहण कर रही है। उस चीज़ को हालाँकि स्पष्ट रूप से ईर्ष्या के रूप में नहीं देखा जा सकता था लेकिन उसके प्रभाव से उसकी उदात्त भावनाएँ कहीं न कहीं संक्रमित हो रही थीं।

इसी त्रिकोण में अनामिका की अनुभूतियाँ थीं और यहाँ भी वही अन्तर्द्वन्द्व था। वह अपर्णा दी को अपनी माँ से भी ज़्यादा प्यार करती थी लेकिन रिश्तों के इस फैलाव में और इतनी सघन और गहरी संवेदना में भी कोई ऐसी चीज़ थी जो उसे उदास और अकेला कर देती थी।

और बावजूद इसके कि तीनों ने अपने-अपने अन्तर्मन को एक-दूसरे के लिए विसर्जित कर दिया था, उनके भीतर का एक हिस्सा ऐसा भी था जो पूरी तरह से डूब नहीं पाया था। वे बार-बार अपनी निजी धुन से संगत की ओर फिर संगत से धुन की ओर आते-जाते रहे और इस आवाज़ाही का स्वरूप जितना सृजनात्मक था, उतना ही निषेधात्मक भी।

लेकिन इस त्रिकोण के बीचोबीच एक बिन्दु था जहाँ तीनों की भावधाराएँ एक साथ मिल जाती थीं और वह बिन्दु था–छोटा सितार वादक सुजोय।

सुदीप और अनामिका जब देश-विदेश में कार्यक्रम देने जाते थे तब उनका नन्हा-सा बेटा अपनी बड़ी माँ की गोद में बैठकर सितार बजाया करता था और

उस बच्चे की बड़ी माँ अपर्णा उसे उतने ही प्यार से सरगम सिखाती थी, जैसे कोई माँ अपने बच्चे को दूध पिलाती है।

अलग-अलग और मिली-जुली अनुभूतियों के बावजूद इन सम्बन्धों का निर्वाह तब तक चलता रहा जब तक अपर्णा के बच्चे बड़े नहीं हो गए।

दोनों लड़के बचपन से बिगड़ते जा रहे थे और बड़े होते ही यह बिगाड़ सिर्फ़ बंद्योपाध्याय परिवार तक सीमित नहीं रहा, बल्कि उन्होंने निमर्मतापूर्वक उस त्रिकोणात्मक सम्बन्ध पर हमला कर दिया। उन्होंने बारी-बारी से तीनों को अपमानित करना शुरू कर दिया और एक बार तो संगीत के एक कार्यक्रम के दौरान दोनों ने भरी सभा में उन पर और अनामिका पर कीचड़ उछाल दिया और वे तब तक कीचड़ उछालते रहे जब तक उनकी माँ ने अपनी पूरी जायदाद उनके नाम न कर दी। इस लालच और अपमान को सुदीप सह नहीं पाए। वे अन्दर ही अन्दर सुलगते रहे और घुटते रहे और इस स्नायुविक घुटन ने एक दिन उनकी साँसों को अवरुद्ध कर दिया।

वे यमन बजा रहे थे और राग की द्रुत लय में पहुँचने के बाद अपने माता-पिता के उन अपमान से भरे दिनों को याद कर रहे थे। वे उस घुटन को महसूस कर रहे थे जो उनके पिता ने महसूस की होगी। वे उन आँसुओं को बहते हुए देख रहे थे जो पिता की मृत्यु के बाद माँ और बड़ी माँ की आँखों से बहे थे।

और अन्त में द्रुत लय वहाँ पर जाकर समाप्त हुई जहाँ माँ ने पिता के काले क़फ़न से एक टुकड़ा फाड़ लिया था।

राग यमन समाप्त हो गया और पूरा रॉयल अल्बर्ट हॉल तालियों की गड़गड़ाहट से गूँज उठा। तालियों और वाहवाहियों की इन्हीं आवाज़ों ने उन्हें उनकी स्मृतियों से बाहर निकाला।

उस दिन अपनी प्रस्तुति देने के बाद वे किसी से कुछ नहीं बोले। उन्होंने सिर्फ़ अनु से कहा, "बेटे अब मैं आराम करना चाहता हूँ।"

अनु ने सहमति में सिर हिलाया और उनसे मिलने के इच्छुक उत्साही

श्रोताओं की भीड़ से उन्हें बचाते हुए उनके होटल में उनके कमरे तक छोड़ आई। वह उन्हें ज़रा भी डिस्टर्ब नहीं करना चाहती थी और ख़ुद भी डिस्टर्ब नहीं होना चाहती थी क्योंकि उसके दिमाग़ में वियेना में दी जानेवाली प्रस्तुति की रूपरेखा बननी शुरू हो गई थी। वह इस इवेंट को बहुत यादगार और सृजनात्मक रूप देना चाहती थी और उसकी पूर्व तैयारी के लिए वह अपने कमरे में जाते ही व्यस्त हो गई। वह अपने लैपटॉप में सर्च कर रही थी इलाहाबाद से वियेना और कलकत्ता से वियेना की फ़्लाइट की कनेक्टिविटी को। जाँचने-परखने के बाद उसने अपनी इवेंट कम्पनी को मेल भेज दिया, जिसमें दो लोगों को वियेना भेजे जाने की रिक्वेस्ट थी–इलाहाबाद से अनामिका शर्मा और कलकत्ता से अनामिका बेड़िया। आधे घंटे बाद कम्पनी ने उसकी रिक्वेस्ट एक्सेप्ट कर ली। उसने चैन की साँस ली और उसके चेहरे पर एक शरारती मुस्कान उभर आई वैसी ही जैसी किसी के चेहरे पर तब आती है जब वह अपने किसी प्रियजन को कोई सरप्राइज गिफ्ट देनेवाला हो।

अगला कार्यक्रम वियेना में सात दिनों बाद था। उसके पास उस कार्यक्रम को मनचाहा रूप देने के लिए पर्याप्त समय था। इस बीच सुजोय से वह मिलती रही और उसने अपनी माँ से सुजोय की बात भी करवा दी। घरेलू मामलों की चर्चाओं के उसी दौर में उसने सुजोय की माँ से भी बात की और उनका नम्बर अपने फ़ोन में सेव कर लिया।

सात दिन यूँ ही बीत गए। सुजोय को ज़रा भी अन्दाज़ा नहीं था कि अनु ने क्या तैयारियाँ की हैं और इस बार की उसकी मंच-सज्जा की क्या रूपरेखा है!

वे तो बस चल पड़े थे, एक और यात्रा के लिए, उसी हमसफ़र के साथ जिसने उसके जीवन को फिर से उन्हीं अनुभूतियों की ओर मोड़ दिया था जिन अनुभूतियों के विस्तार ने उनके सितारवादन को शिखर तक पहुँचाया था। और अब उन्हें लग रहा था कि वे आहिस्ता-आहिस्ता नीचे उतर रहे हैं। बिना किसी हताशा और बिना किसी प्रत्याशा के।

वियेना में जिस दिन कार्यक्रम था उस दिन पता नहीं क्यों वे सुबह से ही एक अजीब तरह की अकुलाहट महसूस कर रहे थे। उन्हें यह भी समझ में नहीं

आ रहा था कि आज क्या बजाया जाए!

अपने श्रोताओं के साथ पूरी साझेदारी बनाने में उनका नाम सबसे ऊपर था क्योंकि वे स्वयं स्वर-रचना में डूबते थे और अपने साथ अपने श्रोताओं को भी ले डूबते थे, इस हद तक कि कभी-कभी तो श्रोता वाहवाही के लिए मुँह भी नहीं खोल पाते थे।

लेकिन उस दिन वे स्वयं किसी स्वर रचना में डूबने की बजाय एक गहरे और व्यापक शून्य में डूब गए थे।

उनका कार्यक्रम दो अन्य प्रस्तुतियों के बाद था। पहले बाँसुरी वादन फिर कत्थक और अन्त में उनका सितार वादन। उनके कार्यक्रम का समय मध्यरात्रि का था और उन्हें लग रहा था कि उस समय तक अनेक श्रोता घर वापस लौट जाएँगे।

लेकिन बर्ग थियेटर के मंच पर बैठने के बाद जब पर्दा खुला तो वे चकित रह गए। हॉल खचाखच भरा था और सीटें ख़ाली न होने के कारण अनेक श्रोता सीटों की क़तारों के बीच की सीढ़ी पर बैठे थे। तालियों से उनका स्वागत हुआ और हाथ जोड़कर उन्होंने अभिवादन किया। फिर उन्होंने देखा कि श्रोताओं का ध्यान उनकी तरफ़ नहीं था। वे सब के सब उनकी पीठ पीछे स्टेज के पार्श्व को देख रहे थे और उनकी आँखों में वैसा ही अचरज और ख़ुशी का भाव था, जो रंगोली देखते समय दिखाई दिया था।

वे अपनी उत्सुकता को रोक नहीं पाए। उन्होंने भी सिर घुमाकर पीछे देखा। पार्श्व में एक डिज़ाइन तैयार की गई थी, उसमें एक वृहदाकार कैनवास पर जो चित्र बनाया गया था उस चित्र में एक तरफ़ अनामिका का चित्र था दूसरी तरफ़ सुजोय की माँ का। वे दोनों सफ़ेद साड़ी पहने हुए हैं। दोनों की माँगें सूनी हैं लेकिन दोनों की आँखों में उदासी या वैराग्य की बजाय एक कोमल-सा तरल भाव है और वे दोनों तानपूरा बजाते हुए सुजोय को देख रही हैं। सुजोय उस चित्र में उनके बीच बैठे सितार बजा रहे हैं। सितार से निकलते नोट्स हवा में तैरते हुए दोनों तरफ़ फैल रहे हैं। वे नोट्स तानपूरों की ध्वनि-तरंगों के साथ मिलकर ऊपर उठते हुए ब्रह्मनाद में विलीन हो रहे हैं।

एक्रेलिक रंगों से बनी इस चित्रकृति में संगीत की स्वर लहरियों को आकारों में कुछ इस ढंग से रंग-स्वरित किया गया था कि एक साथ दोनों कलाएँ एक-दूसरे के स्पर्श से स्पन्दित और ऊर्जस्वित हो उठी थीं।

पहले अनुभूति, फिर कल्पनाशीलता, फिर उसका प्रकटन और फिर उतना ही सुन्दर और समग्र निर्वहन... अनु ने एक बार फिर अपना काम कर दिखाया था और अब उनकी बारी थी।

अभी तक वे तय नहीं कर पाए थे कि कौन-सा राग बजाया जाए। उनका सिर झुका हुआ था। आँखें बन्द थीं। उनकी पीठ के पीछे मंच के पार्श्व में अभी तक व्यवस्था से सम्बन्धित कुछ हलचलें जारी थीं लेकिन बिलकुल चुपचाप इतने एहतियात के साथ कि उन हलचलों की आवाज़ों से उनका ध्यान भंग न हो।

कुछ देर बाद उन्होंने सिर उठाया और इससे पहले कि वे अपने सितार के तारों को छेड़ते, उन्हें पीछे से तानपूरे की आवाज़ सुनाई दी। पिछले पच्चीस वर्षों से उन्होंने तानपूरे का साथ छोड़ दिया था। वे किसी भी कार्यक्रम में तानपूरे के साथ नहीं बजाते थे, इसलिए तानपूरे की इस आवाज़ को वे अपना भ्रम समझते रहे। उन्हें लगा कि उनकी स्मृतियों ने और अनु द्वारा बनाई गई चित्रकृति ने या उस वक़्त की उनकी मन:स्थिति ने शायद यह भ्रम रच दिया है। लेकिन कुछ देर बाद अनायास उनकी गर्दन दाईं ओर मुड़ गई और अगले ही पल उनका कलेजा धक-से रह गया। पीछे दाईं ओर अनामिका सचमुच हाथ में तानपूरा लिए बैठी थी। उसने मुस्कराकर सुजोय का अभिवादन किया और अपनी उन्हीं भावविभोर आँखों से बाईं ओर इशारा किया। वे कुछ देर अकबकाए-से उसे देखते रहे फिर बाईं ओर गर्दन फेरी और इस बार आश्चर्य और ख़ुशी से उनकी आँखें खुली रह गईं। बाईं ओर माँ बैठी थीं। उनके चेहरे पर एक कोमल मुस्कराहट थी। फिर सुजोय ने माँ की उन उँगलियों को देखा जो तानपूरे के तारों को सहला रही थीं। उनके हाथ की पहली उँगली से अब वह काली पट्टी उतार दी गई थी। वह काली पट्टी तानपूरे के पास पड़ी थी–किसी मरे हुए साँप की तरह। कुछ देर सुजोय उस काली पट्टी को देखते रहे, फिर उन्होंने अपना सिर माँ की गोद में डाल दिया। कुछ देर बाद उन्होंने सिर उठाया और माँ के दाएँ

हाथ की पहली उँगली को चूम लिया। माँ ने कई सालों बाद उन्हें अपने दाएँ हाथ से आशीर्वाद दिया और फिर उस ओर इशारा किया जहाँ अनु खड़ी थी।

उन्होंने अनु की ओर देखा, उसके चेहरे पर सरप्राइज देने वाले बच्चों-जैसी ख़ुशी और शरारत थी और आँखों में एक सवाल–अब बताइए मेरे इस तोहफ़े के बदले में आप मुझे क्या देने वाले हैं?

सुजोय ने भी सिर हिलाते हुए आँखों ही आँखों में जवाब दिया–वहीं जो तुम चाहती हो।

फिर उन्होंने माइक हाथ में लिया और भरे हुए गले से उद्घोषणा की, "राग सोहनी।"

सबसे पहले अनु ने ताली बजानी शुरू की और फिर पूरा हॉल तालियों की गड़गड़ाहट से गूँज उठा।

और तब उनकी उँगलियाँ सितार के तारों पर चलनी शुरू हुईं। कुछ देर वे अपने साज को लय में लाने की कोशिश करते रहे, फिर उन्होंने श्रोताओं को सम्बोधित किया, "इस राग को आज हम त्रिताल मध्यलय से शुरू करेंगे। दरअसल इस राग की प्रकृति ही कुछ ऐसी है जो विलम्बित में ज़्यादा देर ठहर नहीं पाती। इसका विस्तार सप्तक के मध्य और अन्त में ही अधिक सजता है।"

फिर उन्होंने एक बार मुड़कर अनामिका को देखा जो अपनी आँखें बन्द किए तानपूरे को स्वरबद्ध करने लगी थी। वे उसे देखने के बाद एक बार फिर श्रोताओं से मुख़ातिब हुए, "जीवन में भी इसी तरह कुछ चीज़ें पीछे छूट जाती हैं, जो बीत चुका है वह विलम्बित के विस्तार में खो चुका है–लेकिन जब हम मध्यलय में आते हैं तो विलम्बित को पूरी तरह विस्मृत नहीं कर पाते। मध्यलय में हमें लगता है कि हम वर्तमान में अपने को दुबारा व्यतीत कर रहे हैं और उस व्यतीत के साथ एक और वर्तमान को जी रहे हैं...।"

जब तक वे श्रोताओं से मुख़ातिब थे तब तक दोनों तानपूरे स्वरबद्ध हो चुके थे और उन स्वरों को सुनकर उनके अन्दर बजाए जानेवाले राग की मधुर छवि अंकित हो गई और स्वर-समूहों के निर्माण और उसमें लय के भराव को पर्याप्त स्थान मिलने की सम्भावना बन गई।

और फिर जो संगीत बजाया गया, वह सिर्फ़ संगीत नहीं था। वह एक उपहार था, सिर्फ़ उनके लिए नहीं जो एक-दूसरे से प्रेम करते थे, उनके लिए भी जो उस वक़्त उस प्रेम के साक्षी थे। बर्ग थियेटर की कुर्सियों पर बैठे उन सभी श्रोताओं को उस रात जो उपहार मिला वह अमूल्य था, क्योंकि वे उन भाग्यशाली श्रोताओं में से थे जिन्हें वह सुनने को मिला जो इससे पहले कभी किसी ने नहीं सुना था–सुजोय के सितार के साथ दोनों अनामिकाओं का गायन। सुजोय की माँ और अनु की माँ जिन्होंने कभी सार्वजनिक रूप से अपना गायन पेश नहीं किया था, उस रात अचानक गा उठीं। पहले सुजोय की माँ ने मध्यम-तीव्र के बीच में अपना आलाप उठाया और उस राग की बन्दिश का एक अन्तरा सुनाया–

'चैन न आवे री माई श्याम बिना, पल छिन रैन अपनी विथा मन की,
का से कहूँ री आज...'

और अन्तरा पूरा होने के बाद वे जैसे ही सम पर आईं, अनामिका ने उसी स्वर की एक कड़ी में अपना स्वर मिलाकर राग को बढ़ाया और उसी अन्तरे को एक बार फिर दोहराया... दोनों की पीड़ाएँ एक जैसी थीं, दोनों अपने अपने 'श्याम' से बिछड़ गई थीं, इसलिए दोनों की आवाज़ों में एक जैसा दर्द था, एक जैसी गहराई थी और एक जैसा भराव था।

और उस रात एकल सितारवादन का वह कार्यक्रम देखते ही देखते जुगलबन्दी में बदल गया।

(स्व. केशवचन्द्र वर्मा की स्मृति को आभार, जिन्होंने संगीत पर बड़ा काम किया। वे परिमल से जुड़े थे और इलाहाबाद में रहते थे।)

●●●